हिन्द पॉकेट बुक्स

रामायण की कहानियां

महर्षि वाल्मीकि के द्वारा श्लोकबद्ध भगवान श्री राम की कथा को वाल्मीकि रामायण के नाम से जाना जाता है। वाल्मीकि को आदिकवि कहा जाता है तथा वाल्मीकि रामायण को आदि रामायण के नाम से भी जाना जाता है। रामायण के पात्र धर्म और मर्यादा के बंधन से बंधे हुए हैं, इसलिए रामायण के पात्रों की कहानियाँ रोचक होने के साथ-साथ अत्यंत शिक्षाप्रद भी हैं। इन कहानियों को छोटों और किशोरों के लिए सजाया संवारा गया है, ताकि इन्हें पढ़कर उनमें उनके जैसा बनने, ऊँचा उठने और दुनिया में बड़ा नाम कमाने की प्रेरणा जगा सकें। रामायण के आदर्श पात्रों की ये प्रेरक कहानियाँ बहुत ही आसान भाषा में हैं और इन्हें रोचक ढंग से लिखा गया है, ताकि इन्हें याद करने में भी आसानी होगी। इसके साथ ही इसमें आकर्षक चित्र भी दिए गए हैं और साथ ही है आपकी परीक्षा के लिए एक प्रश्नोत्तरी, इसे हल कीजिए और अपने ज्ञान की परीक्षा आप स्वयं कीजिए।

लेखक की अन्य पुस्तकें

- हमारे राष्ट्रीय खेल
- हमारा राष्ट्रीय पुष्प कमल
- हमारा राष्ट्रीय पक्षी मोर
- हमारा राष्ट्रीय गीत
- हमारी राष्ट्रीय संस्कृति वैदिक
- हमारा राष्ट्रीय फल आम
- हमारा राष्ट्रीय चिह्न अशोक चक्र
- हमारा राष्ट्रीय वृक्ष बरगद
- हमारी राष्ट्रीय जलचर डॉल्फिन
- हमारी राष्ट्रीय नदी गंगा
- हमारा राष्ट्रीय ग्रंथ गीता
- हमारे राष्ट्रीय पर्व और दिवस
- हमारे राष्ट्रीय स्मारक
- हमारा राष्ट्रीय ध्वज तिरंगा
- हमारे राष्ट्रीय विरासत स्थल
- हमारी राजभाषा हिन्दी
- हमारे नेशनल पार्क
- लोकप्रिय बाल गीत
- हमारे देशभक्ति गीत
- हमारे राष्ट्रीय गीत
- शहीदों के अमर गीत
- महाभारत की कहानियाँ
- पुराणों की कहानियाँ
- बेताल पचीसी, दो भागों में
- महापुरुषों का बचपन
- महाराणा प्रताप
- बहादुर बेटी मलाला

सुरुचिपूर्ण एवं प्रेरणादायक सचित्र जीवनी

रामायण की कहानियां

तेजपाल सिंह धामा

हिन्द पॉकेट बुक्स
पेंगुइन रैंडम हाउस इम्प्रिंट

हिन्द पॉकेट बुक्स

यूएसए | कनाडा | यूके | आयरलैंड | ऑस्ट्रेलिया | सिंगापुर
न्यू ज़ीलैंड | भारत | दक्षिण अफ्रीका | चीन

हिन्द पॉकेट बुक्स, पेंगुइन रैंडम हाउस ग्रुप ऑफ़ कम्पनीज़ का हिस्सा है,
जिसका पता global.penguinrandomhouse.com पर मिलेगा

पेंगुइन रैंडम हाउस इंडिया प्रा. लि.,
चौथी मंजिल, कैपिटल टावर -1, एम जी रोड,
गुड़गांव 122 002, हरियाणा, भारत

पेंगुइन
रैंडम हाउस
इंडिया

प्रथम संस्करण हिन्द पॉकेट बुक्स द्वारा 2014 में प्रकाशित
यह संस्करण हिन्द पॉकेट बुक्स में पेंगुइन रैंडम हाउस द्वारा 2022 में प्रकाशित

10 9 8 7 6 5 4 3 2

ISBN 9789353491338
मुद्रकः रेप्रो इंडिया लिमिटेड

www.penguin.co.in

FSC www.fsc.org MIX Paper from responsible sources FSC® C047271

This is a legitimate digitally printed version of the book and therefore might not
have certain extra finishing on the cover.

क्रम

कुमार श्रवण

राजा दशरथ अयोध्या के राजा थे। उन्हें शिकार खेलने का बड़ा शौक था। दशरथ को शब्दवेधी वाण चलाने में महारत हासिल थी। शब्दवेधी बाण अन्धेरे में सिर्फ आवाज सुनकर चलाया जाता था।

एक बार दशरथ शिकार खेलने निकले। जंगल में घूमते सुबह से शाम हो गई, पर उन्हें कोई शिकार नहीं मिला। शाम को जब अंधेरा घिरने लगा तो दशरथ महल की तरफ लौट रहे थे कि दूर नदी के किनारे उन्हें पानी की आवाज सुनाई दी। अंधेरा होने के कारण कुछ साफ दिखाई नहीं दे रहा था।

उन्होंने सोचा कि कोई हिंसक जानवर पानी पी रहा है और उन्होंने फौरन अपना शब्दवेधी बाण चला डाला। बाण सही निशाने पर लगा। और बाण के लगते ही किसी आदमी के चिल्लाने की आवाज आई। दरअसल दशरथ जिसे जानवर समझ रहे थे, वह एक ब्राह्मण कुमार श्रवण था, जो नदी पर अपने बूढ़े माता-पिता के लिए पानी लेने आया था।

आदमी की आवाज सुन दशरथ समझ गए कि उनसे बहुत बड़ी भूल हुई है। वह तुरंत घायल आदमी की सहायता करने उसके पास पहुँचे। वहाँ पहुँच कर राजा ने देखा कि नदी किनारे एक ब्राह्मण कुमार बुरी तरह जख्मी होकर छटपटा रहा है। दशरथ ने फौरन उस ब्राह्मण कुमार से क्षमा माँगी और पूछा कि वह उसकी सहायता कैसे कर सकता है।

ब्राह्मण कुमार ने राजा से कहा कि वह श्रवण है, उसे खुद मरने का कोई दुःख नहीं, पर उसे अपने बूढ़े और अन्धे माता-पिता की चिन्ता है। श्रवण अपने माता-पिता की अकेली संतान था और अपने अंधे माता-पिता की इच्छा पूरी करने उन्हें कंधे पर बैठाकर तीर्थ यात्रा करवाने जा रहा था। उसे चिन्ता थी कि उसके माता-पिता उसके बगैर कैसे रहेंगे।

मरने से पहले श्रवण ने राजा से कहा कि वह उसके प्यासे माता-पिता को पानी जरूर पिला दे।

दशरथ को अपने किए पर बहुत अफसोस था, पर अब कुछ किया नहीं जा सकता था। दशरथ दुःखी मन से पानी लेकर श्रवण के माता-पिता के पास गया। दशरथ के कदमों की आहट से ही श्रवण के माता-पिता समझ गए कि यह उनका बेटा नहीं, कोई और आ रहा है।

जब श्रवण के माता-पिता को पता चला कि श्रवण गलती से मारा गया है, तो उन्हें बड़ा दुःख हुआ और उन्होंने दशरथ को शाप दिया कि जिस तरह पुत्र वियोग में वो तड़प कर मरेंगे, ठीक उसी तरह तुम्हारी मृत्यु भी पुत्र वियोग में होगी। सभी को पता है कि आगे चलकर राजा दशरथ भी राम के वनवास जाने पर पुत्र वियोग को सहन नहीं कर पाये थे और उनकी मौत हो गई थी।

रावण और बाली

बात उस समय की है, जब लंका पर रावण का राज था। रावण तीनों लोकों पर अधिकार करना चाहता था। एक दिन उसने अपने बेटे मेघनाद को स्वर्ग के राजा इन्द्र से युद्ध करने के लिए भेजा। मेघनाद और देवराज इन्द्र में घमासान युद्ध हुआ। युद्ध में इन्द्र मेघनाद से हार गया। इसलिए मेघनाद को इन्द्रजीत के नाम से भी जाना जाता है।

मेघनाद के इन्द्र को जीत कर लौटने की खुशी में लंका नगर में उत्सव मनाया जा रहा था। सारी नगरी फूलों से सजाई जा रही थी, जगह-जगह शहनाइयाँ बज रही थीं। चारों तरफ राजा रावण की जय-जयकार हो रही थी। अपने महल में बैठा रावण अपनी नगरी में हो रहे जश्न को देख मन ही मन बहुत खुश हो रहा था, क्योंकि अब तीनों लोकों में उससे ज्यादा पराक्रमी और कोई नहीं था।

ठीक उसी समय नारद मुनि लंका के ऊपर से गुजर रहे थे। लंका को इस तरह सजा देख उत्सुकतापूर्वक वह भी लंका में पहुँच गए। रावण ने भी नारद का बड़ा स्वागत किया।

थोड़ी देर विश्राम करने के बाद नारद ने रावण से इस जश्न मनाने का कारण पूछा। रावण ने भी बड़े गर्व से बताया कि जश्न इन्द्र को हराने पर मनाया जा रहा है। अब तीनों लोकों में रावण की बराबरी करने वाला कोई नहीं है। नारद मुनि को यह बात पसंद नहीं आई। कुछ देर सोचने के बाद रावण से बोले, "हे रावण तुमने किष्किन्धा नरेश बाली के अलावा सभी को जीत लिया है। बाली को हराना तुम्हारे लिए बाएँ हाथ का खेल है, तुम उसे भी हरा दो तो तीनों लोकों में सिर्फ तुम्हारा ही अधिकार रहेगा।"

रावण तो वैसे ही जीत के नशे में डूबा हुआ था, उसे जोश आ गया और वह फौरन बाली को हराने के लिए अकेला ही तैयार हो गया, क्योंकि उसे लगा कि एक अदने से वानर के लिए तो वह अकेला ही काफी है।

नारद जी भी इसी मौके का इंतजार कर रहे थे। वह फौरन रावण को लेकर किष्किन्धा पहुँचे। उस समय बाली तीर्थ यात्रा की तैयारी कर रहा था। वह स्नान कर अपनी पूजा कर रहा था। नारद ने दूर से रावण को पूजा करते हुए बाली को दिखाया। रावण बाली को देख हँसा और अपने बायें हाथ से बाली की पूंछ पकड़ ली। रावण को लगा कि वह बायें हाथ से आसानी से बाली को एक ही झटके में उठा लेगा, पर रावण का अनुमान गलत निकला। बाली ने रावण का हाथ कसकर अपनी पूंछ में जकड़ लिया। रावण ने हाथ छुड़ाने की बड़ी कोशिश की, पर वह बायाँ हाथ नहीं छुड़ा पाया, हार कर उसने अपने दायें हाथ से अपना बायाँ हाथ छुड़ाने की कोशिश की। परन्तु इस कोशिश में वह नाकामयाब ही रहा और अब उसके दोनों हाथ बाली की पूंछ में जकड़े जा चुके थे। रावण असहाय सा सोच ही रहा था कि अब वह क्या करें। इतने में बाली की पूजा समाप्त हो गई और वह अपनी तीर्थ यात्रा पर निकल पड़ा। बाली को पता भी नहीं था कि उसकी पूंछ में कोई अटका हुआ है।

अपनी यात्रा के दौरान बाली ने कई पर्वत पार किए। रास्ते में अनेक नदियां पड़ीं, जंगल भी पड़े। बाली अपनी मस्ती में छलांग लगाता नदियों, पर्वतों और जंगलों को पार करता चला जा रहा था। बाली की इस यात्रा के दौरान उसकी पूंछ में बंधा रावण कभी नदी में डुबकी लगाता, कभी पर्वतों शिलाओं से टकराता तो कभी पेड़ों की शाखाओं में उलझता। जब बाली अपनी यात्रा समाप्त कर वापस अपने राज्य किष्किन्धा पहुँचा, तब लोगों ने उनकी पूंछ में बंधे रावण को देख अपने राजा से उसके बारे में पूछा। बाली को इसकी खबर ही नहीं थी, उसने उसी वक्त रावण को अपनी पूंछ से मुक्त कर दिया। मुक्त होकर रावण शर्म के मारे एक पल भी वहाँ नहीं रहा और भागकर लंका वापस आ गया।

ताड़का को मुक्ति-अहिल्या का उद्धार

त्रेता युग की बात है। उन दिनों राक्षसों ने वनों में उत्पात मचा रखा था। वे ऋषियों को तपस्या नहीं करने देते थे और उनकी योगसाधना में भी बाधा डालते थे। महर्षि विश्वामित्र राक्षसों से ऋषियों की रक्षा के लिए राजा दशरथ से उनके लाड़ले पुत्र राम और लक्ष्मण को माँग कर लाए थे और महर्षि विश्वामित्र दोनों राजकुमारों को लेकर प्रसन्नता के साथ अपने लक्ष्य की ओर बढ़ चले। आगे-आगे विश्वामित्र, उनके पीछे राम और राम के पीछे लक्ष्मण। दोनों भाई तरकस और धनुष-बाण से सुसज्जित थे। दोनों के हाथों में गोह के चमड़े के दस्ताने थे और कमर में तलवारें लटक रही थीं।

अयोध्या से डेढ़ योजन दूर जाकर सरयू नदी के दक्षिण किनारे पर विश्वामित्र ने राम से कहा, "अब तुम सरयू के जल का पान करो। मैं तुम्हें बला और अतिबला नाम की विद्या प्रदान करूँगा।"

"इससे क्या लाभ होगा गुरुवर!" राम ने पूछ लिया था।

"इसके प्रभाव से तुम्हें कभी थकावट नहीं होगी, कोई रोग नहीं होगा और तुममें किसी प्रकार का विकार भी उत्पन्न नहीं होगा, सोते समय अथवा असावधानी की अवस्था में भी राक्षस तुम्हारे ऊपर आक्रमण नहीं कर सकेंगे।" विश्वामित्र ने आगे बताया, "इस भूतल पर बाहुबल में तुम्हारी कोई समानता नहीं कर सकेगा, बला और अतिबला के प्रभाव से सौभाग्य, चतुराई, ज्ञान और बुद्धि के सम्बन्धी निश्चय में तथा किसी के प्रश्न का उत्तर देने में भी कोई तुम्हारी तुलना नहीं कर सकेगा।"

राम ने विश्वामित्र के ये वचन सुनकर तुरन्त सरयू के जल का पान किया। फिर मुनि से दोनों विद्याएँ ग्रहण कीं। इससे उनका मुख प्रसन्नता से

खिल उठा। सरयू के किनारे पर रात बिताकर अगले दिन तीनों ही नित्यकर्म से निवृत्त होकर सरयू और गंगा के संगम पर पहुँचे। संगम के पास ही पवित्र आश्रम था। उसके दर्शन कर वे प्रसन्न हुए। विश्वामित्र ने बताया कि यह पुण्य आश्रम भगवान शिव का है। यहीं शिवजी ने कामदेव पर विजय पाई थी। यहीं कामदेव को जलाया था, तभी से वह अनंग कहलाने लगा। कामदेव शरीर से दिखाई नहीं देता है, वह मन में वास करता है। तीनों ने इस आश्रम में रात बिताई। मुनि विश्वामित्र ने राम-लक्ष्मण को अनेक प्रकार की कथाएँ सुनाई।

प्रातः काल नाव में सवार होकर गंगा पार करने लगे। गंगा की बीच धारा में पहुँचने पर राम-लक्ष्मण को बहुत भारी आवाज सुनाई दी। राम ने उस आवाज के बारे में जानना चाहा, तो विश्वामित्र ने बताया कि कैलास पर्वत पर एक सुन्दर सरोवर है। उसे ब्रह्माजी ने अपने मन की इच्छा से प्रकट किया था। मन के द्वारा प्रकट होने के कारण ही उस उत्तम सरोवर को 'मानस' कहते हैं। इस सरोवर से एक नदी निकली है जो अयोध्या से सटकर बहती है, यह सरयू है। उसी का जल गंगाजी में मिल रहा है। दो नदियों के जल के टकराने से यह आवाज आ रही है, जिसकी कहीं समानता नहीं है।

दोनों भाइयों ने संगम को प्रणाम किया और नाव से उतरकर गंगा के दक्षिण किनारे पर आगे पैर बढ़ाए। चलते-चलते उन्हें अपने सामने एक भयंकर वन दिखाई दिया, जिसमें मनुष्यों के आने-जाने का कोई चिह्न नहीं था। वह वन भाँति-भाँति के भयंकर और हिंसक जन्तुओं की चीत्कारों से गूँज रहा था। राम के पूछने पर विश्वामित्र ने बताया कि बहुत पहले यहाँ दो समृद्धिशाली जनपद थे मलय और करुष। इनका निर्माण देवजाति ने किया था। दोनों नगर बहुत समय तक धन-धान्य से सम्पन्न और सुखी रहे। कुछ समय बीतने पर यहाँ इच्छा से रूप धारण करने वाली ताटका (ताड़का) नामक यक्षिणी आई। वह बहुत ही बलशाली है। ताटका सुन्दर की पत्नी और मारीच की माता है। ताड़का छः कोस के मार्ग को घेरकर रहती है वह स्थान ताड़का-वन कहलाता

है। हम लोग उधर ही चलते हैं। मैं चाहता हूँ कि तुम उस राक्षसी ताड़का का वध कर डालो।

"परंतु एक स्त्री का वध?" राम ने शंका की थी।

"तुम स्त्री-हत्या का विचार करके इसके लिए दया मत दिखाना।" विश्वामित्र ने कहा, "राजधर्म कहता है कि चारों वर्णों की रक्षा के लिए यदि स्त्री का वध करना पड़े तो उससे मुँह नहीं मोड़ना चाहिए। प्रजापालक राजा को प्रजा की भलाई के लिए क्रूर काम भी करने पड़ते हैं। पुराने समय में भी अनेक महामनस्वी श्रेष्ठ पुरुषों ने पापात्मा स्त्रियों का वध किया है।"

विश्वामित्र के उत्साह भरे वचन सुनकर राम आगे बढ़े। उन्होंने कहा, "मुनिवर! मैं आपकी आज्ञा का पालन कर अवश्य ही पापात्मा ताड़का का वध करूँगा। निश्चित स्थान पर पहुँचकर राम ने धनुष के मध्य भाग में मुट्ठी बाँधकर उसे जोर से पकड़ा और उसकी डोरी पर जोर से टंकार की। उस टंकार से सारी दिशाएँ गूँज उठीं। ताड़का ने भी उस आवाज को सुना। वह क्रोध में भर उठी। आवाज की दिशा में क्रोध से दौड़ी। राम के निकट पहुँचकर एक हाथ उठाकर गर्जना करती हुई राम की ओर झपटी। राम ने अपने बाणों की वर्षा से उसे विचलित कर दिया, फिर राम ने विश्वामित्र की प्रेरणा से उस पर शब्दवेधी बाण चलाया। विवश होकर ताड़का राम-लक्ष्मण पर टूट पड़ी। राम ने झपटकर उसकी छाती में एक बाण मारा, जिससे उसकी छाती फट गई और वह चीखती हुई पृथ्वी पर गिर पड़ी और मर गई। इस प्रकार वनों में शांति छा गई और ऋषि-मुनि बिना किसी भय के साधना करने लगे।

ताड़का वध के बाद राम और लक्ष्मण अपने गुरु के साथ मिथिला आए थे। मिथिला पहुँचकर जनकपुरी की शोभा देखकर सब बेहद प्रसन्न हुए और नगरी की भाँति-भाँति से प्रशंसा करने लगे। मिथिला के उपवन में एक पुराना आश्रम था, जो बहुत सुन्दर होते हुए भी सुनसान था।

राम की उत्सुकता देखकर मुनि विश्वामित्र ने बताया, "पूर्वकाल में यह महर्षि गौतम का आश्रम था। वह अपनी पत्नी अहिल्या के साथ रहकर यहाँ

तपस्या करते थे। एक दिन गौतम की अनुपस्थिति में देवराज इन्द्र गौतम का रूप धारण कर आश्रम आए और अहिल्या से समागम की इच्छा प्रकट की। अहिल्या इन्द्र की बातों में आ गई। जब इद्र अहिल्या का सतीत्व भंग कर आश्रम से निकल रहे थे, तभी गौतम आ पहुँचे। गौतम सब समझ गए और उन्होंने इन्द्र को शाप दे डाला। उसी के साथ अहिल्या को भी शाप दिया।''

''तो गुरुदेव अहिल्या का उद्धार कैसे होगा?'' राम ने पूछ ही लिया था।

''शाप से दुःखी अहिल्या की दशा देखकर गौतम ने यह अवश्य कहा कि राम के दर्शन से तेरा उद्धार हो जाएगा।'' गुरु ने उसे बताया, ''तभी से यह अभागी पत्थर की मूर्ति सी बनी अपने भाग्य के दिन की प्रतीक्षा में पड़ी है। अब तुम यहाँ आ गए हो तो इस अभागिनी का भी उद्धार करो।''

वास्तव में अहिल्या को ऐसा रोग हो गया था कि वह पत्थर की शिला जैसी लगती थी और न किसी से बात करती थी और न ही उसे अपनी सुध-बुध थी, एक ही जगह पड़ी रहती थी।

''मैं इसका उद्धार कैसे कर सकता हूँ गुरुवर!''

''राम! तुम न केवल अस्त्र-शास्त्र चलाने में निपुण, वरन् आयुर्वेद के भी ज्ञाता हो, इससे आगे भी कुछ कहने की आवश्यकता रह जाती है!''

''नहीं गुरुदेव, मैं समझ गया।''

महर्षि की बात मानकर राम लक्ष्मण सहित विश्वामित्र को आगे कर आश्रम में पहुँचे। दोनों भाइयों ने आगे बढ़कर अहिल्या के चरणों को स्पर्श किया। महर्षि गौतम के वचनों को स्मरण कर अहिल्या ने दोनों भाइयों का आदर सत्कार किया। राम द्वारा की गई सेवा एवं औषधोपचार से अहिल्या का सारा पत्थरीलापन जाता रहा। वह अपना भाग्य सराहने लगी। तभी गौतम ऋषि ने आकर उसे अपना लिया।

गौतम ने भी राम का स्वागत किया। यहाँ उन्होंने अहिल्या के पुत्र शतानंद से धर्मशास्त्रों पर चर्चा की और फिर उन्हें भी अपने साथ ले लिया। उसके पश्चात् वे लोग मिथिला की ओर प्रस्थान कर गए।

राम-सीता के विवाह के कहानी

राम और लक्ष्मण अपने गुरु के साथ मिथिला गए हुए थे, तो राजा जनक ने राम, लक्ष्मण विश्वामित्र को आदर के साथ बुलाया और राजा जनक ने अपनी बात रखते हुए कहा, "पूर्वकाल में दक्ष के यज्ञ का विध्वंस हो जाने पर भगवान शंकर अपनी उपेक्षा करने वाले दक्ष से यज्ञभाग ग्रहण करने वाले देवों का एक दिव्य धनुष से मस्तक काटने को उद्यत हो गए। भयाक्रांत देवों ने स्तुतिगान और भगवान शंकर को प्रसन्न करके उन्हें शांत कर लिया। शिवजी ने वह धनुष मेरे पूर्वज महाराज निमि के पुत्र देवरात को धरोहर के लिए रूप में दिया था।" उन्होंने फिर उस धनुष के दर्शन राम को करवाते हुए आगे कहा था, "यह धनुष शिवजी का है और मेरे पूर्वज राजा देवरात के पास धरोहर रूप में रखा था। उनके बाद यह मेरे पास सुरक्षित रहा। यह धनुष बहुत भारी और अद्भुत है। इसे न तो कोई उठा सकता है, न ही कोई इसकी डोरी चढ़ा सकता है। अपनी अयोनिजा पुत्री सीता के संबंध में मैंने निश्चय किया है कि जो पराक्रमी इस शिवधनुष की प्रत्यंचा चढ़ा देगा, उसी वीर पुरुष से मैं अपनी पुत्री का विवाह करूँगा।"

"आपकी अयोनिजा पुत्री?" राम ने प्रश्न पूछा था, "क्या सीता आपकी पुत्री नहीं है राजन्।"

"नहीं कुमार! बात ऐसी है कि एक दिन मैं यज्ञ के लिए भूमिशोधन करते समय खेत में हल चला रहा था। उसी समय हल के अगले भाग से जोती गई भूमि से एक कन्या प्राप्त हुई। हल को सीत भी कहते हैं, इसलिए मैंने हल द्वारा जोती गई भूमि से उत्पन्न होने के कारण उस कन्या का नाम सीता रखा। कन्या जैसे-जैसे बड़ी होती गई, उसके अद्भुत गुण प्रकट होते गए। सीता के गुणों को देखकर मैंने प्रतिज्ञा की कि जो व्यक्ति अपने पराक्रम से इस धनुष

की प्रत्यंचा चढ़ा देगा, मैं सीता के साथ उसी का विवाह कर दूँगा। मेरी प्रतिज्ञा का समाचार सुनते ही अनेक राजा लोग यहाँ आए। मैंने उनके सामने धनुष रखा, परन्तु कोई भी राजा इस धनुष को उठाना तो दूर, हिला तक नहीं सका। सब राजा अपमानित होकर लौट गए। उन्होंने एक वर्ष तक मिथिला पर आक्रमण जारी रखा, किन्तु ईश्वर की कृपा से वे सभी परास्त हुए। अब मैंने यज्ञ का आयोजन किया है। यदि श्रीराम इस धनुष की डोरी चढ़ा दें तो मैं सीता को श्रीराम के हाथ सौंप दूँगा।"

उन्हीं दिनों नैमिषारण्य में रावण ने दण्डकारण्य से पहले ही एक सैनिक सन्निवेश स्थापित किया हुआ था। उसकी रक्षा का भार ताड़का नामक राक्षसी और उसके दो पुत्रों सुबाहु तथा मारीच को सौंपा हुआ था। रावण अपने राज्य के निरीक्षणार्थ जब उधर से गुजरा तो उन्होंने अपने सन्निवेश को नष्ट-भ्रष्ट हुआ देखा। रावण सोच में पड़ गया कि ताड़का तो बहुत भयानक राक्षसी थी, उसका पराभव भला किसने कर दिया। उसने अपने गुप्तचरों को ताड़का तथा उसके पुत्रों को खोज निकालने का काम सौंपा। बहुत खोज करने के बाद ताड़का पुत्र मारीच पर्वतों की एक गुफा में छिपा हुआ मिला। उसे पकड़कर रावण के समक्ष प्रस्तुत किया तो रावण ने उससे पूछा, "मारीच! तुम्हारी माताश्री ताड़का का क्या हुआ? उनके साथ तो हजारों सैनिक थे, वे सब कहाँ हैं? और तुम इस तरह पर्वत गुफा में क्यों छिपे पाए गए?"

"महाराज! माताश्री और भ्राताश्री सुबाहु सहित समस्त राक्षसी सेना का दो मानव कुमारों ने वध कर दिया।"

"इतनी बड़ी सेना का पराभव केवल दो मानव कुमारों ने कर दिया?"

"जी महाराज! वे कोई मानव पुत्र नहीं बल्कि साक्षात् देवकुमार हैं!"

"कौन हैं वे मानव कुमार? और उन्हें हमारे साम्राज्य में कौन लेकर आया?"

"वे दोनों राजकुमार अयोध्यापति महाराज दशरथ के पुत्र राम और लक्ष्मण हैं और उन्हें राक्षस साम्राज्य का नाश करने के लिए नैमिषारण्य में ऋषि

विश्वामित्र लेकर आए थे। विश्वामित्र ने उन दोनों भाइयों को भाँति-भाँति के दिव्यास्त्र दिए और उनके प्रयोग का ढंग सिखाया तथा माताश्री ताड़का, भाई सुबाहु और नैमिषारण्य की समस्त राक्षसी सेना को मरवा दिया। अगर मैं मैदान छोड़कर भाग न जाता तो मैं भी मारा जाता।"

"अब वे दोनों राजकुमार कहाँ हैं?"

"मिथिला के सीरध्वज ने जनकपुरी में अपनी पुत्री सीता का स्वयंवर रचा है। विश्वामित्र के साथ दोनों कुमार वहीं गए हैं।"

"स्वयंवर की कोई शर्त-विशेष?"

"जी! वहाँ एक पिनाक धनुष है, सीरध्वज का प्रण है कि जो कोई उसकी प्रत्यंचा चढ़ाकर वाणसंयुक्त कर सकेगा उसी के साथ वह त्रिलोक्यसुंदरी सीता का पाणिग्रहण संस्कार संपन्न करा देगा।"

"वहाँ क्या बहुत से राजा आए हैं?"

"विश्व के सभी प्रमुख देशों के राजा और राजकुमार आए हैं।"

"ओह! तो फिर हम यहाँ क्यों हैं?" फिर गंभीर होकर कहा, "सीता को स्वयंवर में भला हमारे सिवाय और कौन जीत सकता है। हम अभी जनकपुरी रवाना होंगे।"

और फिर! रावण पुष्पक विमान में सवार हो जनकपुरी की ओर रवाना हो गया। रावण जिस समय जनकपुरी में पहुँचा तो उस समय रात हो चुकी थी। उसने अपना विमान एकांत में उतार दिया और फिर राजमहल की ओर उसके पग बढ़ चले। राजमहल के करीब पहुँचते ही उसके मन में विचार आया कि जिस धनुष की प्रत्यंचा चढ़ाने की शर्त महाराजा जनक ने रखी है, क्यों न उसको चुराकर सीरध्वज की योजना ही विफल न कर दी जाए। रावण एक मायावी राक्षस था। वह ज्ञान-विज्ञान में इतना अत्यंत प्रवीण होने के साथ-साथ अदृश्य होने की कला में भी अत्यंत निपुण था। इसलिए अदृश्य हो जनक के महल में प्रवेश कर गया। अन्ततः उसने वह स्थान खोज ही लिया जिस पर पिनाक धनुष रखा हुआ था। पिनाक पूजा गृह में भगवान शिव की मूर्ति के

आगे रखा हुआ था। रावण ने जब एक हाथ से धनुष उठाने की कोशिश की तो वह इतना भारी था कि दशग्रीव उसे हिला तक नहीं सका। उसके बाद रावण ने दोनों हाथ से धनुष को उठाने की कोशिश की। धनुष बीच से थोड़ा उठा, लेकिन फिर नीचे जमीन पर जा टिका और इस कारण रावण के दोनों हाथ उसके नीचे ही दब गए। उसने बहुत प्रयत्न किया, लेकिन वह अपने हाथों को धनुष के नीचे से नहीं निकाल सका। सुबह सबसे पहले पूजागृह में जनकसुता सीता जब पूजा करने आई, तो वह वहाँ पर रावण को देखकर हतप्रभ रह गई, "कौन हैं आप?"

"सुंदरी मैं लंकापति रावण हूँ!"

"पूजाघर में क्या कर रहे हैं!"

"पूजा करने आया था, लेकिन सोचा कि पिनाक धनुष को उठाकर देख लूँ, लेकिन मेरे हाथ इसके नीचे दब गए हैं। आप सैनिकों को बुलाकर मुझे मुक्ति दिलाने की कृपा करें।"

"सैनिकों की क्या आवश्यकता है। आप तो जनकपुरी के अतिथि हैं। आपके हाथों को मुक्त करने के लिए मैं ही पर्याप्त हूँ।" और फिर सीता ने एक हाथ से वह धनुष उठाकर दूसरी जगह रख दिया। इस प्रकार रावण को वहाँ से मुक्ति मिली। लेकिन सीता की शक्ति को देखकर उसकी आँखें फटी की फटी रह गयीं। वह फिर उस स्थान पर आ गया जहाँ समस्त देशों के राजा-महाराजा ठहरे हुए थे। थोड़ी ही देर में घोषणा की गई, "समस्त राजा-महाराजाओं और अतिथियों से विनम्र प्रार्थना है कि वे स्वयंवर समारोह में पहुँचे।"

सब लोग स्वयंवर समारोह में एकत्र हो गए। भट ने सबको संबोधित करते हुए कहा, "हे दीप-द्वीपांतरों के राजाओं-महाराजाओं! जैसा कि आप जानते ही हैं कि यहाँ सब लोग सीता के स्वयंवर समारोह में पधारे हैं। आप सबका हृदय से स्वागत है। यह जो सामने उच्च स्थल पर अभी थोड़ी देर पहले पूजागृह से लाकर धनुष रखा गया है, इसका नाम पिनाकी है। जो कोई भी राजकुमार इस

धनुष की प्रत्यंचा चढ़ा देगा, सीता उसी के गले में वरमाला डाल देगी।"

यह बात सुनकर छत्रपति नरधारी एक-एक कर धनुष पर प्रत्यंचा चढ़ाने के लिए उठे, लेकिन कोई भी उस धनुष को हिला तक न सका। रावण ने भी दोबारा अपनी किस्मत आजमानी चाही, लेकिन इस बार भी वह असफल ही रहा। असुर, गंधर्व, देव, राक्षस, यक्ष, किन्नर तथा बड़े-बड़े उरग भी पिनाकी को हिला तक न सके। अंत में विश्वामित्र ने राम की ओर इशारा करते हुए कहा, "वत्स राम! धनुष उठाओ!"

गुरु की आज्ञा पाते ही राम धनुष के पास आया और और सबसे पहले उसने हाथ जोड़कर धनुष को प्रणाम किया और फिर एक ही झटके में धनुष को उठा लिया। दूसरे ही क्षण उसने धनुष पर प्रत्यंचा चढ़ा दी। उसने प्रत्यंचा को इतना कसा कि व्रजपात की भाँति घोर शब्द करके धनुष टूटकर दो हिस्सों में विभक्त हो गया। सभी राजा-महाराजा राम का बल देखकर आश्चर्यचकित हो उठे। सीता ने राम के गले में वरमाला डालकर उसे अपना जीवनसाथी चुन लिया।

राम को वनवास

राम का राजतिलक करने की घोषणा के साथ ही सारी अयोध्या नगरी में प्रसन्नता छा गई थी। सारा देश उत्सव में डूब गया था कि उनका प्यारा राम अब राजा होगा। एक ओर तो यह सब हो रहा था, दूसरी ओर कैकेयी इस सबसे बेखबर अपने महल में सुख से लेटी हुई थी। रानी कैकेयी की एक दासी थी मंथरा, जो रानी के मायके से आई थी और बहुत मुँह लगी थी। वह अपना मन बहलाने के लिए रानी के महल की छत पर चढ़ी। उसने चारों ओर नजर दौड़ाई तो नगरी की सजावट और लोगों का उल्लास देखकर हैरान रह गई। उसने पास के ही कोठे पर राम की धाय को खड़े देखा। वह भी बड़ी सजी-धजी थी। मंथरा ने धाय से इस प्रसन्नता का कारण पूछा। धाय ने सहज भाव से बताया कि कल राम का राजतिलक होने वाला है उसी से यह सजावट, शोर और उत्सव मनाया जा रहा है। धाय के मुख से यह सुनकर मंथरा मन-ही-मन कुढ़ गई। उसे इसमें कैकेयी का अनिष्ट दिखाई देने लगा। वह क्रोध में भरी हुई कैकेयी के पास पहुँची। कैकेयी महल में सुख से लेटी थी। मंथरा रानी को सम्बोधित कर कहने लगी, "मूर्खे, उठ क्या पड़ी सो रही है? तुझ पर बड़ा भारी विपत्ति का पहाड़ टूटने वाला है और तू है कि तुझे इसका ज्ञान नहीं। तेरे प्रियतम तेरे सामने ऐसी चेष्टा बनाकर आते हैं, जैसे सुख तुझे ही अर्पित कर देंगे, लेकिन पीठ पीछे वे तेरा बुरा ही करते हैं। तू बड़े प्रेम की डींग हाँकती है, पर तेरा सुख सौभाग्य शीघ्र ही नष्ट होने वाला है।"

मंथरा यह कहकर उदास मुख बनाए खड़ी रही। कैकेयी को मंथरा की उदासी और उसकी बातों पर हैरानी हुई। उसने इसका कारण पूछा। मंथरा चालाक तो थी ही, रानी के मन की बात ताड़ गई और कहने लगी, "रानी तुम

राजाओं के कुल से उत्पन्न हुई और एक महाराज की महारानी हो। महाराज प्यार मनुहार की बातें तो बहुत करते हैं, परन्तु हैं बड़े चालाक। मुँह से चिकनी-चुपड़ी बातें करते हैं, परन्तु दिल से बड़े बुरे हैं। तुम समझती हो कि वे सारी बातें साफ-साफ ही कहते हैं, पर आज तुम उनके द्वारा बुरी तरह ठगी गई हो। राजा तुम्हें तो झूठा भरोसा दिलाते रहते हैं, लेकिन कौशल्या को बहुत बड़ा उपहार देने जा रहे हैं। राजा का दिल इतना मैला है कि भरत को तो उन्होंने तुम्हारे मायके भेज दिया और कल सवेरे ही अवध के निष्कंटक राज्य पर राम का तिलक करेंगे। यह समाचार पाकर मैं दुःख के सागर में डूबी जा रही हूँ। तुम्हारी भलाई में मेरी भलाई और तुम्हारी बुराई में मेरी बुराई है इसी से मैं परेशान हो उठी हूँ।"

मंथरा की बातें सुनकर कैकेयी शैया से उठ बैठी और मंथरा को पुरस्कार रूप में गहने देती हुई प्रसन्नता से बोली, "मंन्थरे, तुने यह बहुत ही अच्छा समाचार सुनाया। मेरे लिए भरत और राम एक ही हैं। राम के तिलक से बड़ी प्रसन्नता और क्या होगी? इस सुन्दर बात के बदले तू मुझसे कोई अच्छा-सा वर माँग, मैं अवश्य ही दूँगी।"

यह सुनते ही मंथरा क्रोध से जल उठी। उसने कैकेयी का दिया गहना दूर फेंक दिया और पीड़ा-भरे स्वर में कहने लगी, "मुझे बड़ी हैरानी है कि दुःख के समुद्र में पड़ने पर भी तुम खुशियाँ मना रही हो। मुझे तुम्हारी बुद्धि पर तरस आता है। सौत का बेटा शत्रु के समान होता है। उसकी उन्नति पर कौन मूर्ख होगा, जो खुशियाँ मनाएगा? राज्य पर राम और भरत दोनों का ही एक समान अधिकार है। इसीलिए राम को भरत से खतरा है। गद्दी पर बैठते ही राम भरत को जड़ से उखाड़ फेंकेंगे। तुम्हारे बेटे के साथ जो दुर्व्यवहार होगा, उसकी कल्पना करके ही मैं काँप उठती हूँ। वह समय आने वाला है जब तुम कौशल्या और राम के आगे हाथ बांधकर खड़ी रहा करोगी।"

मंथरा की बहकी-बहकी बातें सुनकर कैकेयी ने राम के गुणों की प्रशंसा करते हुए मंथरा से कहा, "राम धर्म के ज्ञाता, गुणवान्, जितेन्द्रिय, कृतज्ञ,

सत्यवादी और पवित्र हैं। वे ज्येष्ठ पुत्र हैं। अतः राज्य के अधिकारी हैं। वे राजा बनकर सबका कल्याण ही करेंगे। तू उनके राज्याभिषेक की बात सुनकर इतनी जल क्यों रही है? राम के राज्यप्राप्ति के सौ वर्ष बाद भरत को भी राज्य मिलेगा।''

मंथरा को इससे बड़ी निराशा हुई। वह लम्बी-लम्बी गर्म साँस लेकर कहने लगी, ''रानी, तुम मूर्खता से अनर्थ को भी सही समझ रही हो। तुमको आपनी तथा सही स्थिति का ज्ञान नहीं है। राम के राजा हो जाने पर उनके पुत्र को राज्य मिलेगा, न कि भरत को। भरत तो राज्य से अलग हो जाएँगे। याद रखो, अगर राम को निष्कंटक राज्य मिल गया तो वे भरत को अवश्य ही देश-निकाला दे देंगे। इतना ही नहीं उन्हें राम परलोक भी पहुँचा सकते हैं।''

मंथरा ने इसी तरह के अनेक तर्क दिए। कई कथाएँ सुनाई और कैकेयी को राजा दशरथ तथा राम के विरुद्ध सोचने के लिए मजबूर कर दिया।

मंथरा की बातों में कुछ सार जानकर कैकेयी को क्रोध आ गया। लंबी और गर्म साँस लेकर वह मंथरा से बोली, ''कुब्जा तू ठीक कहती है। मैंने फैसला कर लिया है, मैं शीघ्र ही राम को वन भेजूँगी और भरत का युवराज के पद पर तिलक कराऊँगी, लेकिन प्रश्न यह है कि यह सब मनचाहा किस प्रकार होगा?''

मंथरा प्रसन्न होकर बोली, ''देवि क्या तुम्हें याद नहीं है, या मेरे ही मुख से सुनना चाहती हो? तो सुनो, पहले किसी समय राजा दशरथ का जब देवासुर संग्राम के समय इन्द्र की सहायता करते हुए बुरा हाल हो गया था, तो तुमने उनकी सहायता की थी। उससे सन्तुष्ट होकर राजा ने तुमसे दो वरदान माँगने के लिए कहा था, तब तुमने कहा था कि जब मेरी इच्छा होगी, मैं ये वर माँग लूँगी। याद है कि नहीं?''

कैकेयी बोली, ''हाँ, याद आ गई सारी बात। तब फिर क्या किया जाए?'' मंथरा ने कहा, ''तुम अब वे दो वर अपने स्वामी से माँग लो। एक वरदान से भरत का तिलक और दूसरे से राम को चौदह वर्ष तक का वनवास माँग लो।''

कैकेयी शैया त्यागकर उठ बैठी और मंथरा की सराहना करने लगी। मंथरा ने कहा, ''वरदान इतनी आसानी से मिलने वाले नहीं हैं। तुम एक काम करो। इस समय सभी श्रेष्ठ वस्त्राभूषण उतार दो और मैले-कुचैले कपड़े पहन लो। कोप-भवन में जाओ और क्रुद्ध होकर भूमि पर लेट जाओ। जब राजा वहाँ आएँ तो उनकी ओर आँख उठाकर भी मत देखना। रोते हुए शोक से होकर भूमि पर लेटने लगना। राजा तुम्हें बहुत प्यार करते हैं। वे तुम्हारी दशा देखकर तुम्हें बहुत कुछ लालच देने और तुम्हारी बात न टालने को भी कहेंगे। तुम आसानी से उनकी बातों में मत आ जाना। जब वे भली प्रकार तुम्हारे वश में हो जाएँ तो दो वरदानों की उन्हें याद दिलाना।''

राजा दशरथ मन्त्री आदि को राम के तिलक की तैयारी करने की आज्ञा दे सबको ठीक समय उपस्थित होने के लिए कहकर रनिवास में गए। सबसे पहले वे यह शुभ समाचार परमप्रिय रानी कैकेयी को देना चाहते थे। अतः उसी के महल में गए, लेकिन कैकेयी को वहाँ न पाकर उन्हें बड़ा आश्चर्य हुआ। पूछने पर पता चला कि रानी कोपभवन में है। राजा वहाँ पहुँचे तो कैकेयी की स्थिति देखकर उन्हें भारी दुःख हुआ। सभी अनूठे फूलों और दिव्य कपड़े-गहने धरती पर इधर-उधर बिखरे पड़े थे। मैले कपड़े पहनकर सारे बालों को एक ही वेणी में मजबूती से बाँधकर कैकेयी भूमि पर पड़ी बिलख रही थी। राजा ने उसे देखा और तरह-तरह की कल्पना करते हुए कैकेयी के शरीर पर प्यार से हाथ फेरते हुए बोले, ''तुम्हारा क्रोध मुझ पर है, ऐसा तो मुझे विश्वास नहीं होता। फिर तुम्हारा किसने बुरा किया है? किसने तुम्हारी बुराई की है? तुम अपना रोग बताओ, मैं अभी अच्छे वैधों को बुलाता हूँ।''

''मैं बीमार नहीं हूँ, आपसे कुछ चाहती हूँ।''

''जहाँ तक सूरज का चक्र घूमता है, वहाँ तक सारी पृथ्वी मेरे अधिकार में है। द्रविड़, सिन्धु-सौवीर, सौराष्ट्र, दक्षिण भारत के सारे प्रदेश तथा अंग बंग, मगध, मत्स्य, काशी और कोसल सभी देशों पर मेरा अधिकार है। उनमें पैदा होने वाले तरह-तरह के द्रव्य, धन-धान्यादि जो भी तुम माँगना चाहो, माँग लो,

मैं तुम्हें दूँगा।''

राजा के ऐसा कहने पर कैकेयी को कुछ-कुछ भरोसा जमा। वह राजा को और भी मजबूर करते हुए बोली, ''देव! आपकी कृपा से मुझे कोई कष्ट नहीं है। मेरा एक मनोरथ है, मैं आपके द्वारा उसकी पूर्ति चाहती हूँ। यदि आप उस इच्छा को पूरा करना चाहते हो, तो प्रतिज्ञा कीजिए। तभी मैं अपनी इच्छा कहूँगी।''

दशरथ तो मोह के अधीन हो रहे थे। वे कैकेयी की बात सुनकर कुछ मुस्कुराए, फिर उसका सिर अपनी गोद में रखकर बोले, ''प्रिये, तुम मुझे बहुत प्रिय हो और राम तुमसे भी अधिक प्रिय हैं। इसलिए मैं राम की शपथ खाकर कहता हूँ कि तुम्हारी इच्छा अवश्य पूरी करूँगा, तुम कहो तो सही। मैं अपने अच्छे कामों की शपथ खाकर कहता हूँ कि तुम्हारा प्रिय कार्य मैं अवश्य पूरा करूँगा।''

राजा को अपने वश में देखकर कैकेयी प्रसन्न हो उठी और बोली, ''राजन्! उस पुरानी बात को याद कीजिए जब युद्धभूमि में सारी रात जागकर मैंने आपके प्राण बचाए थे। उसी से खुश होकर आपने मुझे दो वरदान देने को कहा था। आज उन्हीं वरदानों के देने का समय आ गया है। आप प्रतिज्ञा से बंधे हुए हैं। यदि आप मेरे उन वरों को नहीं देंगे, तो मैं समझूँगी कि आप मेरा अपमान कर रहे हैं। वैसी दशा में मैं तुरन्त ही अपने प्राणों का परित्याग कर दूँगी।'' राजा को मोहित और वर देने के लिए तैयार देखकर रानी बोली, ''एक वरदान द्वारा मैं भरत का राजतिलक माँगती हूँ और दूसरे के द्वारा राम को चौदह बरस का वनवास।''

कैकेयी की यह वाणी दशरथ को बज्रपात की तरह गहरी लगी और वह राम के बनवास की बात सुनकर बेहोश हो गए। राजा को कुछ क्षण बाद चेत आया और वह फिर बेहोश हो गए। अन्त में उन्हें जब फिर होश आया तो कैकेयी को फटकारते हुए कहने लगे, ''नीच, दयाहीन, कैकेयी, तू इस कुल का नाश करने वाली डाइन है। बता मैंने और राम ने तेरा क्या बिगाड़ा है? मैं नहीं

जानता था कि राज-कन्या के रूप में तू तीखे विष-वाली नागिन है। राम तो तुझे बड़ी माता के समान आदर देते हैं और तू भी राम को भरत से अधिक प्यार किया करती थी, फिर तुझे आज यह क्या हो गया है? याद रख, मैं सब कुछ छोड़ सकता हूँ, पर राम को नहीं छोड़ सकता। राम के बिना मेरा जीवित रहना कठिन है। मैं भरत को राजतिलक करने को तैयार हूँ, पर राम को वन नहीं भेज सकता। राम सारे गुण से पूर्ण है। उन्होंने कभी किसी को कोई बुरा वचन नहीं कहा। कैकेयी, मैं बूढ़ा हूँ, मौत के किनारे बैठा हूँ। मेरी दशा सोचने योग्य है। मैं दीनभाव से तेरे आगे गिड़गिड़ा रहा हूँ। तुझे मुझ पर दया करनी चाहिए।''

राजा की किसी भी गिड़गिड़ाहट से रानी का दिल नहीं पसीजा। वह और भी कठोर होकर कहने लगी, ''राजन्! यदि दो वरदान देकर आप फिर उनके लिए पछतावा करते हैं तो इस भूमंडल में आप अपना धार्मिक होने का ढ़िंढोरा कैसे पीट सकते हैं? अपनी बात से मुकरकर क्यों कुल पर कलंक लगाते हैं? मैं अधिक कुछ नहीं कहना चाहती मेरी दो टूक बात है कि इसे धर्म कहो या अधर्म, झूठ कहो या सच, जिस बात के लिए आपने मुझसे प्रतिज्ञा कर ली है, उसमें कोई बदलाव नहीं हो सकता। मैं आपके सामने अपनी और भरत की शपथ खाकर कहती हूँ कि श्रीराम को इस देश से निकाल देने के सिवा दूसरे किसी वर से मुझे सन्तोष नहीं होगा। और श्रीराम का राज्याभिषेक होगा तो मैं आपके सामने देखते-देखते विष खाकर प्राण त्याग दूँगी।''

राजा दशरथ को अंततः कैकेयी के आगे हार माननी ही पड़ी। उन्होंने राम को राजभवन में बुलवा लिया। राजभवन में जाकर राम ने पिता को कैकेयी के साथ एक सुन्दर आसन पर बैठे देखा। राजा दुःख में डूबे थे, उनका मुख सूख गया था और वे बड़े दयनीय दिखाई दे रहे थे। राम ने पिता और माता दोनों के चरणों में माथा झुकाया। राम पिता की यह दशा देखकर चिन्ता और आश्चर्य में डूब गए। राम ने कैकेयी को प्रणाम कर उससे पूछा, ''माई मुझसे अनजाने में कोई अपराध तो नहीं हो गया, जिससे पिताजी मुझसे नाराज हैं?

महाराज को नाराज करके या इनकी आज्ञा न मानकर मैं दो घड़ी भी जीवित नहीं रहना चाहूँगा। आप महाराज के दुःख का कारण बताएँ।"

कैकेयी बोली, "राम तुम राजा को बहुत प्रिय हो अतः बुरी बात करने में इन्हें संकोच हो रहा है। बात शुभ हो या अशुभ, अगर तुम इनकी प्रतिज्ञा का पालन कर सको तो मैं तुमसे सारी बातें बता दूँगी।"

राम ने कहा, "आप कहिए तो मैं महाराज के कहने से आग में भी कूद सकता हूँ, तीखा विष भी खा सकता हूँ, समुद्र में भी गिर सकता हूँ। आप बताएँ मैं प्रतिज्ञा करता हूँ कि मैं राजा की आज्ञा का अवश्य ही पालन करूँगा।"

राम के ऐसा कहने पर कैकेयी ने सारी बातें बता दीं। राम ने कहा, "यह तो मेरा सौभाग्य है।" और वह वन जाने की तैयारी करने लगे। सारे राजभवन में समाचार फैल गया तो सीता ने भी राम के साथ चलने की हठ की। राम ने उसका प्रस्ताव भी स्वीकार कर लिया। लेकिन तभी लक्ष्मण भी आ गया और वह भी वन में चलने की हठ करने लगा। राम ने उसे भी अपने साथ ले लिया और राजसी वस्त्र उतार फेंके और वनवासियों जैसे साधारण कपड़े धारण कर लिए। उसके बाद अब राम सीता और लक्ष्मण को साथ लेकर पिता दशरथ के दर्शन के लिए कैकेयी के महल में आए। दशरथ के साथ अब तक सभी रानियाँ भी चीख़ कर उठी और हा "राम! हा राम!" पुकारने लगीं। दोनों भाई सीता सहित रो पड़े और उन तीनों ने महराज को दोनों बाहों से उठाकर पलंग पर बिठा दिया।

जब राजा को थोड़ी देर बाद होश आया तो राम ने उनसे हाथ जोड़कर वन जाने की आज्ञा माँगी। यह भी विनती की कि मैंने सीता और लक्ष्मण को तरह-तरह से समझाया, पर ये नहीं माने और मेरे साथ वन जा रहे हैं, अतः आप इन दोनों को भी मेरे साथ वन जाने की आज्ञा दें।

दशरथ ने सहमी दृष्टि से राम की ओर देखा और बोले, "राम, कैकेयी ने मेरी बुद्धि भ्रष्ट कर डाली है। मैं चाहता हूँ कि तुम मुझे पकड़कर कारागार में

डाल दो। और स्वयं अयोध्या के राज-सिंहासन पर बैठो।"

राम ने विनय के साथ कहा, "पिताजी, मुझे किसी प्रकार का भी लोभ नहीं है। मैं आपकी आज्ञा से चौदह वर्ष वनवास के पूरे करके फिर आपके चरणों में लौटूँगा। अब आप मुझे जाने की आज्ञा दें।"

राम के ऐसा कहने पर पुत्र-वियोग के संकट में पड़े राजा ने राम को छाती से लगाया और बेहोश होकर पृथ्वी पर गिर पड़े। कैकेयी को छोड़ सभी रानियाँ हाहाकर कर उठीं, सुमन्त्र भी रोते-रोते बेहोश हो गए। होश आने पर सुमन्त्र ने कैकेयी को अनेक तरह से समझाया, उन्होंने कैकेयी से अनुनय-विनय की, पर वह नहीं मानी और राम को शीघ्र वन भेजने के लिए कहने लगी। और अंततः राम पिता की आज्ञा लेकर वन की ओर चल पड़े।

भरत जैसा भाई

राम के वनवास में जाने के बाद राजा दशरथ पुत्र वियोग सहन न कर सके और उन्होंने प्राण त्याग दिए। उस समय भरत और शत्रुघ्न अपने नाना के घर गए हुए थे, तो उन्हें बुलाया गया। पिता के शव को देखकर भरत और शत्रुघ्न पिता के शोक से पीड़ित होकर पृथ्वी पर गिर पड़े और हाय! मैं मारा गया। कहते हुए रोने लगे। हाथ-पैर पटकते, गिरते-पड़ते और पृथ्वी पर लोटते दुःखी पुत्र को कैकेयी ने उठाया। भरत ने फिर पूछ ही लिया था, "माँ बड़े भाई राम कहीं दिखाई नहीं दे रहे हैं!" और फिर उन्होंने पूछा, "राम, लक्ष्मण और सीता भी इस समय कहाँ चले गए हैं?"

कैकेयी ने भरत को आदि से लेकर अन्त तक की सारी बातें बता दीं। सब कुछ सुन-समझकर भरत शोक से भर उठे और क्षोभ, करुणा तथा घृणा से भरकर बोले, "हाय! तूने मुझे मार डाला। अपने प्रिय जनों के बिना मैं राज्य लेकर क्या करूँगा? तू तो घाव पर नमक छिड़क रही है। तू इस कुल का विनाश करने के लिए काल बनकर आई थी।"

यह कहकर भरत बेहोश होकर भूमि पर गिर पड़े। उनकी आँखें क्रोध से लाल हो गए थीं, वस्त्र ढीले पड़ गए थे और सारे आभूषण टूटकर बिखर गए थे।

बहुत देर के बाद होश में आने पर जब भरत उठे तो उन्होंने पास बैठे मंत्रियों से कहा, "मैं राज्य नहीं चाहता और न मैंने कभी माता से इसके लिए बात ही की है। महाराज किसका तिलक करना चाहते थे, मुझे इसकी भी जानकारी नहीं है। मैं राम, सीता और लक्ष्मण के वन जाने की बात से भी अपरिचित हूँ।" सारी रात इसी तरह रोते-रोते बीती।

अगले दिन सुबह होने पर महर्षि वसिष्ठ ने भरत को समझाया और पिता के दाह-संस्कार का आदेश दिया। महर्षि की आज्ञा पाकर भरत ने पिता का विधिपूर्वक दाह-संस्कार किया। सरयू-तट पर दाह-संस्कार करके सब लोग घर लौटे। दस दिनों तक भरत आदि भूमि पर ही सोए।

फिर विधिपूर्वक राजा का श्राद्ध कर्म हुआ। उस समय बहुत-सा दान दिया गया। सारे कार्य पूर हो जाने पर मंत्रियों ने भरत से राज-सिंहासन संभालने के लिए कहा। भरत ने अभिषेक सामग्री की परिक्रमा की और कहा कि राज्य के स्वामी राम ही हैं, मैं उन्हें वन से लौटाने के लिए जाना चाहता हूँ। आप लोग मेरे वन जाने और राम को लौटा लाने की व्यवस्था करें। सारी व्यवस्था की गई और भरत राम के पास वन में चल पड़े। राम का पता लगाते-लगाते भरत चित्रकूट पहुँच गए थे।

इधर राम लक्ष्मण और सीता चित्रकूट पर्वत की शोभा देखते हुए मंदाकिनी नदी की जलधारा का आनन्द ले रहे थे। राम सीता को पर्वत और नदी की महिमा बता रहे थे। सहसा उन्हें उनके पास आने वाली भरत की सेना की धूल और कोलाहल दोनों की भनक पड़ी और उन्होंने वन के जीव-जन्तुओं को भयभीत होकर इधर-उधर भागते हुए देखा। राम ने लक्ष्मण से इस सबका पता लगाने को कहा। राम की आज्ञा पाकर लक्ष्मण ने शाल वृक्ष पर चढ़कर इधर-उधर देखा। जाँच-पड़ताल के बाद लक्ष्मण ने राम से कहा, "आर्य आप आग बुझा दें, धुआँ देख कर यह सेना यहीं चली आएगी, देवि सीता गुफा में जा बैठें। आप धनुष पर डोरी चढ़ा लें कवच धारण कर लें, क्योंकि भैया! निश्चय ही यह कैकेयी का पुत्र भरत है, जो अयोध्या में राजतिलक कराकर अपने राज्य को काँटों से रहित बनाने की इच्छा से हम लोगों को मार डालने के लिए सेना सजाकर यहाँ आया है। हम उसका डटकर मुकाबला करेंगे। भरत इस समय हमारा शत्रु है, इसका वध करने में कोई दोष नहीं है, आज मैं इन सबका वध करके अपने मन की आग को शांत करूँगा।"

राम ने लक्ष्मण को समझाते हुए कहा, "लक्ष्मण, तुम्हारी शंका बेकार है।

भरत बड़े ही भ्रातृ भक्त हैं। वह मुझे प्राणों से भी बढ़कर प्रिय हैं। मुझे तो ऐसा मालूम होता है, भरत ने अयोध्या आने पर जब हम लोगों से वनवास का समाचार सुना होगा तो वह दुःखी हुए होंगे। कुलधर्म का विचार करके वे हमसे मिलने ही आए हैं। भरत के साथ यदि तुम किसी प्रकार का बुरा व्यवहार करोगे, तो वह मेरा ही अपमान होगा। हाँ, यदि तुम्हें राज्य का लालच हुआ हो, तो कहो, मैं स्वयं भरत से कहकर तुम्हें राज्य दिला दूँगा। भरत मेरी बात नहीं टालेंगे।''

राम के ये उद्‌गार सुनकर लक्ष्मण बहुत ही लज्जित हुए। वह वृक्ष से उतर आए और राम के आगे हाथ जोड़कर खड़े हो गए।

उधर भरत ने सेना को आज्ञा दी कि यहाँ किसी को हम लोगों के द्वारा किसी प्रकार की बाधा नहीं पहुँचनी चाहिए। भरत का आदेश पाकर सारे सैनिक पर्वत के चारों ओर नीचे ही ठहर गए। सब लोगों को ठहराकर भरत अपने भाई शत्रुघ्न के साथ राम के आश्रम की खोज की चिन्ता करने लगे। दोनों भाई आश्रम की खोज के लिए चल पड़े। आगे जाकर भरत बड़ी तेजी से एक बड़े शालवृक्ष पर चढ़ गए। उन्हें राम के आश्रम के दर्शन हुए। दोनों भाई प्रसन्न हो उठे। दोनों भाइयों के साथ सुमंत्र तथा कुछ अन्य लोग भी आए थे। वह भी राम के आश्रम मिल जाने से प्रसन्न हो उठे।

राम के दर्शनों के लिए वे लोग आगे बढ़े। वे दो ही घड़ी में मन्दाकिनी के तट पर विराजमान चित्रकूट के पास जा पहुँचे। भरत ने वहाँ एक पर्णशाला देखी। वह समझ गए कि यहीं पर राम का निवास है। कुटी में यज्ञ के लिए एक विशाल वेदी भी थी। कुटिया की ओर थोड़ी देर तक देखकर भरत ने वहाँ में बैठे राम को देखा। वह तपस्वी वेश में थे। राम के पास ही सीता और लक्ष्मण बैठे थे। भरत तुरन्त ही प्रेम में बेचैन होकर राम की ओर दौड़े। शत्रुघ्न भी भरत के पीछे थे। दोनों भाइयों ने बड़ी ही बेचैनी से राम के चरणों में गिरकर उन्हें प्रणाम किया। राम ने दोनों को उठाकर छाती से लगा लिया। उनकी आँखों से भी आँसू बहने लगे।

राम ने फिर भरत से उसके आने का कारण पूछा। भरत रोते हुए राम से कहने लगे, ''भैया, पिताजी तो आपके वियोग में इस संसार को छोड़ गए। वह सब मेरी कुटिल माता के कारण ही हुआ है। अब मुझे तो आपका ही सहारा है। आप अयोध्या चलकर परिवार और राज्य को संभालिए। हम लोग आपसे यही प्रार्थना करने आए हैं।''

पिता का देहान्त का समाचार सुनकर राम तथा अन्य सभी लोग बहुत दुःखी हुए। लक्ष्मण, सीता का विलाप बहुत ही दिल दहलाने वाला था। राम मन्दाकिनी नदी के तट पर गए, जहाँ उन्होंने पिण्ड-दान आदि कर्म पूरे किए। पर्णकुटी लौटने पर उनका दुःख दूना हो गया। राम, लक्ष्मण, भरत, शत्रुघ्न और सीता रोने लगे। राम ने सबको धीरज बंधाया और सभी गुरुजनों, माताओं आदि से आदरपूर्वक मिले। राम, लक्ष्मण और सीता ने माताओं के चरणों की पूजा की। वसिष्ठ जी का अभिवादन किया। कुशल समाचार जानने और अभिवादन के बाद सब लोग मिलकर बैठे। उन लोगों की सारी रात महाराज दशरथ के बारें में बातें करते और रोते ही बीती।

अगले दिन सभा जुड़ी, जिसमें भरत ने राम से अयोध्या चलकर राज्य ग्रहण करने की प्रार्थना की। राम ने जीवन की असारता पर भरत को उपदेश दिया और पिता के लिए शोक न करने को कहकर बोले, ''भरत पुण्य कर्म करने वाले महाराज ने मुझे जहाँ रहने की आज्ञा दी है, मैं वहीं रहकर पूज्य पिता के आदेश का पालन करूँगा। तुम्हारे लिए भी पिताजी का आदेश है कि तुम प्रजा का पालन करो। ऐसी दशा में तुम्हें अयोध्या लौट जाना चाहिए।''

भरत ने बार-बार राम से अयोध्या लौट चलने और राज्य ग्रहण करने की प्रार्थना की, किन्तु राम अपने फैसले पर अटल रहे। राम ने उन्हें समझा-बुझाकर अयोध्या लौट जाने का आदेश दिया। अयोध्या के लोगों, मंत्रियों तथा माताओं ने भी राम से लौट चलने की प्रार्थना की, परन्तु राम का दृढ़ फैसला था कि वे वन में रहकर पिता की आज्ञा का पालन करेंगे। भरत ने एक बार पुनः निवेदन किया, ''आज आप मेरी माता के कलंक को धो-पोंछकर पूज्य पिताजी

को भी निन्दा से बचाइए। मैं आपके चरणों में माथा टेककर प्रार्थना करता हूँ, कि आप मुझ पर दया कीजिए। आप यदि मेरी प्रार्थना को ठुकराकर वनवास की प्रतिज्ञा पर ही डटे रहेंगे, तो मैं भी आपके साथ वन में ही रहूँगा।"

भरत का हठ देखकर राम ने कहा, "भाई, आज से बहुत पहले की बात है, पिताजी का जब तुम्हारी माताजी के साथ विवाह हुआ था, तभी उन्होंने तुम्हारे नाना से कैकेयी के पुत्र को राज्य देने की शर्त कर ली थी। इसके बाद देवासुर-संग्राम में तुम्हारी माता ने महाराज की बड़ी सेवा की, जिससे प्रसन्न होकर महाराज ने उन्हें वरदान दिए थे। इन सभी बातों का विचार कर तुम्हें महाराज के वचनों की रक्षा के लिए अयोध्या लौट जाना चाहिए।"

सभी ने भरत को राम की आज्ञानुसार अयोध्या लौट जाने की सलाह दी। इस पर भरत काँप उठे और दीन आवाज में राम से बोले, "भैया राम! मेरे लिए यह कठिन है कि मैं अकेला ही इस विशाल राज्य और प्रजा का पालन ठीक ढंग से कर सकूँ, अतः मेरी प्रार्थना है कि आप इस राज्य को स्वीकार करके दूसरे किसी को इसके पालन का भार सौंप दीजिए।" ऐसा कहकर भरत राम के चरणों में गिर पड़े।

राम ने भरत को उठाकर अपनी गोद में बिठा लिया और मीठी वाणी में भरत से कहा, "तात! तुम्हें जो यह स्वाभाविक विनम्र बुद्धि प्राप्त हुई है, इसके द्वारा तुम सारे भूमण्डल की रक्षा करने में समर्थ हो। तुम अपनी बुद्धि के अलावा मंत्रियों, बुद्धिमानों और सुहृदों की सलाह से सब कठिन कार्य पूरा करा लेना। भाई, चन्द्रमा से उसकी प्रभा अलग हो जाए, हिमालय हिम का परित्याग कर दे अथवा समुद्र अपनी सीमा को लाँघकर आगे बढ़ जाए, पर मैं पिता की प्रतिज्ञा नहीं तोड़ सकता।"

राम की दृढ़ता देखकर भरत ने उनसे विनम्रता से कहा, "आर्य!, ये दो सोने की पादुकाएँ आपके चरणों में अर्पित हैं, आप इन पर अपने चरण रखें। ये ही सारे जगत की कुशलता का पालन करेंगी।" राम ने उस पादुकाओं को धारण किया और फिर उन्हें अपने पैरों से अलग कर भरत को सौंप दिया।

भरत ने उन पादुकाओं को प्रणाम किया और राम से कहा, "वीर रघुनन्दन, मैं भी चौदह वर्षों तक जटा और चीर धारण करके फल-फूल का भोजन करता हुआ आपके आने की प्रतीक्षा में नगर से बाहर ही रहूँगा। इतने दिनों तक राज्य का सारा भार आपकी इन चरण-पादुकाओं पर ही रखकर मैं आपकी बाट जोहता रहूँगा। यदि चौदहवाँ वर्ष पूर्ण होने पर नए वर्ष के पहले दिन ही मुझे आपके दर्शन नहीं मिले तो मैं जलती हुई आग में कूदकर प्राण दे दूँगा।"

राम ने भरत को भरोसा दिया और आँसू बहाते हुए बोले, "मैं तुम्हें अपनी और सीता की शपथ दिलाकर कहता हूँ कि तुम माता कैकेयी की रक्षा करना, उनके प्रति कभी क्रोध न करना। मैं चौदह वर्ष बीतते ही लौट आऊँगा।"

राम का आदेश पाकर भरत शत्रुघ्न सहित सबसे विदा लेकर रथ पर बैठ गए। राम की चरण-पादुकाएँ उन्होंने अपने माथे पर धारण कर रखी थीं। वे सब चित्रकूट की प्रक्रिमा करते हुए मन्दाकिनी नदी को पार करके पूर्व दिशा की ओर चल पड़े।

शूर्पणखा की नाक

पंचवटी के उस आश्रम में रहते राम को बहुत-सा समय बीत गया था। सर्दियाँ बीत गई और हेमन्त का आगमन हुआ। राम को भरत की याद आई। उन्होंने उसकी बहुत प्रशंसा की। एक दिन वे तीनों गोदावरी नदी में स्नान करके आश्रम लौटे और कुटी में बैठे राम लक्ष्मण से बातें कर रहे थे कि एक राक्षसी उस स्थान पर आ पहुँची। वह रावण की बहिन शूर्पणखा थी। देखने में बहुत भद्दी और बेडौल थी। वह राम के अनुपम रूप को देखकर उन पर मुग्ध हो गई। माया से अपना सुन्दर रूप बनाकर वह राम के पास जाकर बोली, "तपस्वी के वेश में मस्तक पर जटा धारण किए, साथ में स्त्री को लिए और हाथ में धनुष-बाण ग्रहण किए, इस राक्षसों के देश में तुम कौन हो? अपने आने का कारण बताओ?"

राम ने अपना तथा लक्ष्मण और सीता का परिचय दिया एवं अपने आने का कारण भी बताया, फिर शूर्पणखा से बोले, "अब तुम अपना परिचय दो और अपने आने का कारण बताओ। तुम्हारे अंग इतने सुन्दर हैं कि तुम इच्छानुसार रूप करने वाली कोई राक्षसी जान पड़ती हो।"

शूर्पणखा ने अपना परिचय दिया और अपने भाई रावण, कुंभकर्ण तथा विभीषण के बारे में बताया। उसने खर और दूषण का भी परिचय दिया। वह राम से बोली, "यह ठीक है कि मैं इच्छानुसार रूप बना लेती हूँ। मैं बल और साहस में अपने सभी भाइयों से बढ़कर हूँ। इस वन में सभी प्राणियों को डराती हुई अकेली घूमती हूँ। तुम्हारा प्रथम दर्शन करके ही मैं तुम पर मोहित हो गई हूँ। मैं तुम जैसे पुरुषोत्तम के लिए पति की भावना लेकर बड़े प्रेम से तुम्हारे पास आई हूँ। अब तुम मेरे पति बन जाओ। मेरी दृष्टि में सीता बहुत असुंदर है। मैं इसे तथा तुम्हारे भाई लक्ष्मण को मारकर खा जाऊँगी, फिर तुम मेरे साथ

दण्डक वन में सुख से रहना।''

शूर्पणखा की बात सुनकर राम ने मंद-मंद मुसकुराते हुए उससे कहा, ''देवि, मैं विवाहित हूँ और सीता मेरी पत्नी है। तुम जैसी स्त्रियों के लिए तो सौत का रहना बड़ा दुःखदायी होगा। वे मेरे छोटे भाई लक्ष्मण बड़े शीलवान, प्रिय और शक्तिशाली हैं। इनके साथ इनकी स्त्री नहीं है। अगर इन्हें पत्नी की चाह होगी, तो ये ही तुम्हें अपना लेंगे।''

राम की बात सुनकर वह राक्षसी लक्ष्मण के निकट जाकर उनसे पति होने की प्रार्थना करने लगी। लक्ष्मण ने कहा, ''सुन्दरी! मैं तो दास हूँ। अपने बड़े भाई राम के अधीन हूँ। तुम मेरी स्त्री होकर दासी क्यों बनना चाहती हो? तुम राम के पास ही जाओ, वह ही तुम्हारे योग्य हैं।''

शूर्पणखा फिर राम के पास आई। उसे सीता ही बाधा जान पड़ी, अतः वह उन्हीं की ओर झपटी। राम ने अपनी हुंकार से उसे रोक दिया और लक्ष्मण से बोले, ''लक्ष्मण, क्रूर काम करने वाले अनार्यों से किसी प्रकार का परिहास भी नहीं करना चाहिए। किसी प्रकार अब सीता के प्राण बच गए हैं। तुम इस राक्षसी को शीघ्र ही कुरूप बना डालो।''

राम के इस प्रकार आदेश देने पर क्रोध में भरकर लक्ष्मण ने देखते-देखते म्यान से तलवार निकाल ली और शूर्पणखा के नाक-कान काट लिए? नाक-कान कट जाने पर चिल्लाती हुई शूर्पणखा जिस तरह आई थी, उसी तरह वन की ओर भाग गई?

सीता हरण

रावण किसी द्वीप पर विजय प्राप्त करके लौटा था। इस कारण लंका में विजयोत्सव मनाया जा रहा था। लेकिन अकस्मात ही रंग में भंग पड़ गया। शूर्पणखा रोती बिलखती हुई रावण के सम्मुख जा पहुँची, "रक्षा करो भईया रक्षा.... ।"

"भगिनी तुम्हें यह क्या हुआ, तुम्हारे नाक और कान कहाँ हैं? क्या किसी हिंसक वनप्राणी ने तुम्हारे मुँह को नोच डाला है?"

"भईया हिंसक वनप्राणी ने नहीं आर्य पुत्रों ने!"

"आर्यपुत्रों ने? कौन हैं वे आर्य पुत्र जिन्होंने मेरी बहन को कुरूप बना दिया। मैं उनका वंश ही समाप्त कर डालूँगा।"

"वे अयोध्या के राजकुमार राम और लक्ष्मण हैं।"

"राम और लक्ष्मण? अभी कहाँ हैं वे?"

"दण्डकारण्य में!"

"दण्डकारण्य में? मगर वहाँ तो खर और दूषण चौदह सहस्र सैनिकों को लेकर राक्षस राज्य की रक्षा में नियुक्त कर रखे हैं, क्या तुमने उनसे मदद नहीं माँगी।"

"मदद मांगी थी भईया!"

"तो क्या उन्होंने अपनी ही बहन की मदद करने से इंकार कर दिया!"

"नहीं ऐसी बात नहीं है भईया!"

"तो फिर!"

"मैं पहले रोती-चिल्लाती हुई उन्हीं के पास गई थी। खर ने दूषण को उन दोनों वनवासियों को मार डालने के लिए भेजा था, लेकिन उनसे लड़ाई के दौरान जब दूषण मारा गया तो खर स्वयं चौदह सहस्र सैनिकों को लेकर उनको

बंदी बनाने के लिए गया था, पर राम ने सीता और लक्ष्मण को दूर वन में भेज दिया और स्वयं खर और उसके सिपाहियों से लड़ने लगा और उसने हमारी सारी सेना और मेरे दोनों भाइयों को भी मार गिराया।''

''असंभव! अकेला राम भला इतनी बड़ी सेना को कैसे मार गिरा सकता है?''

''उसके पास दिव्यास्त्र हैं भईया। राम के पास वे सब दिव्यास्त्र तो हैं ही जो उन्हें विश्वामित्र ने दिए हैं, इसके अलावा अगस्त्य ऋषि ने भी उसको कई दिव्यास्त्र दिए हैं। जिनके बल पर उसको हमारी सेना को मार गिराने में विशेष कठिनाई नहीं हुई।''

''शूर्पणखा तू विषाद न कर मैं उन वनवासियों को मारकर, तेरे अपमान का बदला अवश्य लूँगा और उनकी उस सुंदर स्त्री सीता को तेरी दासी बनाकर लंका में उठाकर न ले आया तो मेरा नाम दशग्रीव नहीं।''

धनुष्कोटि के निकट समुद्रतीर से हटकर एक रमणीक वन था। उस वन में वीतराग तपस्वी राक्षस मारीच योग साधना में रत रहा करता था। मारीच अष्टांग योग में पारंगत योगी था। उसने यम, नियम, आसन, प्राणायाम, प्रत्याहार, धारणा, ध्यान और समाधि में प्रवीणता हासिल की थी, इसलिए वह इच्छा के अनुरूप कोई रूप धारण करने की योग्यता रखता था। अकस्मात ही रावण मारीच के समक्ष उपस्थित हो गए, ''प्रणाम तातश्री!''

''आयुष्मानभव! दशग्रीव! कहो आज इस वृद्ध तपस्वी की याद कैसे आ गई?''

''आपकी महिमा इधर खींच लाई तातश्री!''

''हम तो योगी हैं, हमारी भला क्या महिमा हो सकती है?''

''क्या यह कम है कि आपने अष्टांग योग में सिद्धि प्राप्त कर ली है और अब आप कोई भी रूप धारण कर सकते हैं।''

''उसमें कौनसी बड़ी बात है, ऐसा तो कोई भी योगी कर सकता है।''

उसके बाद रावण ने मारीच को खर-दूषण आदि का राम द्वारा वध किए जाने और शूर्पणखा की नाक-कान काटने का सब वृतांत आदि से अंत तक मारीच को कह सुनाया।

यह वृतांत सुनकर मारीच ने कहा, ''लगता है राक्षसों के समूल विनाश का समय आ गया है!''

''लेकिन इसे रोका जा सकता है तात!''

''कैसे?''

''यदि आप मेरी थोड़ी सी सहायता कर दें तो!''

''इस बूढ़े शरीर में रक्त तो राक्षस जाति का ही है, भले ही अब यह योग साधना में रत हो। बोलो मैं तुम्हारे क्या काम आ सकता हूँ।''

''मैं चाहता हूँ कि तुम स्वर्ण मृग का रूप धारण कर सीता के समक्ष जाओ। सीता स्वर्ण मृग को अवश्य अपनी कुटिया में रखना चाहेगी। लेकिन जब स्वर्ण मृग को राम-लक्ष्मण पकड़ने की कोशिश करें तो तुम उन्हें वन में दूर भगा ले जाना और फिर अवसर पाकर मैं सीता का अपहरण कर लूँगा।''

''सीता के अपहरण से क्या लाभ होगा?''

''इससे एक तो शूर्पणखा के अपमान का बदला उतर जाएगा और दूसरा लाभ यह होगा कि राम सीता के वियोग में तड़प-तड़प कर मर जाएगा। इस प्रकार राक्षसों के परम दुश्मन को आसानी से बिना युद्ध किए ही मारा जा सकता है।''

''रावण!'' मारीच अचानक ही क्रोधित हो उठा, ''क्या तुम नहीं जानते की पराई स्त्री माता के समान होती है और तुम पराई स्त्री का अपहरण कर अपयश के भागी बनना चाहते हो। क्या तुम नहीं जानते ऐसा करना विनाश को निमंत्रण देना है। जिस राम ने अकेले ही खर-दूषण और चौदह सहस्र राक्षसों का वध कर दिया हो, क्या तुम्हें उसकी शक्ति का आभास अभी तक नहीं हो पाया। यदि तुमने माता सीता पर कुदृष्टि डालने की कोशिश की तो निश्चय ही लंका की ईंट से ईंट बज जाएगी।''

''अरे राक्षस कुलकलंक!'' अचानक ही रावण का पारा भी सातवें आसमान पर चढ़ गया, ''मुझे उस पतित एकाकी बहिष्कृत राम की शक्ति से भयभीत करता है? तूने नमक लंका का खाया है और गुणगान शत्रु का करके दशानन के समक्ष ही राजद्रोह का डंका बजाता है। क्या तू नहीं जानता कि राजद्रोह के अपराध की सजा कुल सहित मौत है।''

''हाँ रावण मैं जानता हूँ।'' रावण के क्रोधपूर्ण वचन सुनकर मारीच ने आगे कहा, ''यदि मैं तेरी आज्ञा का पालन न करूँगा तो तू अवश्य ही मेरे वंश और मेरा वध कर देगा। मैं बूढ़ा हुआ और अब तपस्वी का जीवन व्यतीत कर रहा हूँ। मुझे इन प्रपंचों से भला क्या लेना-देना? मरना तो एक न एक दिन है ही। तेरे हाथों से मरने से अच्छा है कि क्यों न राम के हाथों से मरा जाए? कम से कम मुक्ति तो मिल जाएगी। मैं तुम्हारी इच्छा के अनुरूप अवश्य स्वर्ण मृग का रूप धारण कर सीता को समक्ष जाऊँगा।''

मारीच के वचन सुनकर रावण प्रसन्नचित हो उठा और उन्होंने अपनी माया रच ही दी थी, जिसके चक्कर में सीता आ गयी थी।

''आर्यपुत्र! आर्यपुत्र!! आर्यपुत्र!!!'' सीता ने राम को पुकारा।

राम कुटिया में विश्राम कर रहे थे, लक्ष्मण उनके पैर दबा रहा था। वह तुरन्त ही बाहर पुष्पवाटिका में आ गया, जहाँ सीता पुष्प चुनते हुए उन्हें पुकार रही थी, ''क्या बात है सीते!''

सीता ने थोड़ी ही दूरी पर घास चर रहे एक मृग को दिखाते हुए कहा, ''देखो स्वर्ण मृग!'''

''स्वर्ण मृग?'' स्वर्ण मृग देख राम ने फिर आश्चर्यचकित होकर कहा, ''स्वर्ण मृग का होना प्रकृति के विपरीत है। यह कोई छलावा हो सकता है।''

''स्वर्ण मृग तुम्हारी आँखों के समक्ष है और तुम्हें विश्वास ही नहीं होता।''

''ठीक है सीते! हमने मान लिया कि वह स्वर्ण मृग ही है। यह तो अच्छी बात है कि हम जिस स्थान पर निवास कर रहे हैं, वहाँ पर स्वर्ण मृग भी रहते हैं।''

''स्वामी! आप उस स्वर्ण मृग को पकड़कर ले लाइए।''

''आप स्वर्ण मृग का क्या करेंगी?''

"मैं उसका बच्चे की तरह पालन-पोषण करूँगी। आपकी अनुपस्थिति में समय व्यतीत करने में सहायक सिद्ध होगा।"

"ठीक है सीते! तुम कहती हो तो हम उसे पकड़कर अभी ले आते हैं।" फिर राम ने लक्ष्मण को पुकारा, "लक्ष्मण!"

"जी भ्राताश्री!" लक्ष्मण तुरंत उपस्थित हो गया।

राम ने कहा, "देखो मेरा धनुष-वाण ले आओ, मैं सीता के लिए स्वर्ण मृग को पकड़कर लाने के लिए जाता हूँ। देखो आजकल राक्षस बहुत उत्पात मचा रहे हैं। इसलिए जब तक मैं न आऊँ, तब तक सीता की रक्षा का भार तुम्हारे ऊपर है।"

फिर लक्ष्मण ने राम को धनुष-वाण लाकर देते हुए कहा, "आप निश्चिंत होकर जाइये भ्राताश्री। माता सीता की रक्षा मैं प्राण देकर भी करूँगा।"

राम स्वर्ण मृग को पकड़ने चला गया। राम को अपनी ओर आता देख स्वर्ण मृग ने वन की ओर भागना शुरू कर दिया और पलभर में ही वहाँ से बहुत दूर निकल गया।

इधर बहुत देर होने तक जब राम कुटिया में नहीं लौटा तो सीता और लक्ष्मण चिंतित हो उठे।

लेकिन तभी!

"हे लक्ष्मण! हे लक्ष्मण!! हे लक्ष्मण!!!" राम की आवाज वनों में गूँज उठी। यह आवाज सुनकर सीता ने लक्ष्मण ने कहा, "सौमित्र! लगता है तुम्हारे भ्राताश्री किसी विपत्ति में फँस गए हैं, इसलिए तुम्हें पुकार रहे हैं।"

"हाँ लगता तो मुझे भी है कि भईया किसी विपत्ति में फँस गए हैं, लेकिन मुझे तो तुम्हारी रक्षा का भार सौंपकर गए हैं, इसलिए मैं चाहकर भी उनकी सहायता नहीं कर सकता।"

"जब तुम्हारे भईया ही नहीं रहेंगे तो मेरे रहने का क्या अर्थ। हे लक्ष्मण मैं तुम्हें आज्ञा देती हूँ कि अपने भ्राताश्री की सहायता के लिए चले जाओ।"

"आपकी आज्ञा का तो पालन करना मेरा धर्म है माताश्री।" और फिर कुछ सोचकर कहा, "और भ्राताश्री के वचनों की भी अवज्ञा नहीं कर सकता।"

और फिर!

लक्ष्मण ने कुटिया के चारों ओर एक रेखा खींचकर सीता से कहा, ''माताश्री! जब तक भ्राताश्री और मैं नहीं आ जाते, तब तक तुम इस रेखा से बाहर नहीं निकलना। यह रेखा तुम्हारी रक्षा करेगी। इस रेखा के अंदर कोई भी राक्षस या हिंसक प्राणी प्रवेश नहीं कर सकता।''

''ठीक है सौमित्र! मैं रेखा के बाहर कदम नहीं रखूँगी, लेकिन तुम अपने भ्राताश्री की सहायता के लिए जल्दी जाओ।''

''जो आज्ञा माताश्री।'' कहकर लक्ष्मण अपना धनुष-वाण उठाकर वन की ओर दौड़ पड़ा और सीता कुटिया में अंदर चली गई।

राम की कुटिया के पास ही साधु वेश में रावण छिपा हुआ था। जैसे ही लक्ष्मण रावण की आँखों से औझल हुआ वैसे ही वह कुटिया के द्वार पर आ पहुँचा। और फिर उसने कुटिया में प्रवेश के लिए कदम बढ़ाया। लेकिन तभी। अदृश्य अग्नि से रावण के पैर जल उठे। वह झट से पीछे हट गया। लक्ष्मण रेखा से उत्पन्न अदृश्य अग्नि को शांत करने के लिए रावण ने कई अस्त्र-शस्त्र और मंत्रों का प्रयोग किया, लेकिन सब निष्फल ही साबित हुआ। रावण समझ गया कि इन आर्य पुत्रों के विज्ञान की काट उसके पास नहीं है, इसलिए उसने कुछ सोचकर फिर पुकारा, ''अहमतिथि! कोऽत्र भोः!''

''स्वागतमतिथये!'' कहती हुई सीता कुछ कंदमूल लेकर कुटी से बाहर निकली तो उसने देखा कि एक तपस्वी मृगचर्म धारण किए दण्ड हाथ में लिए खड़ा है। उसने आगे कहा, ''भिक्षा ग्रहण करें अतिथि।''

सीता रावण को लक्ष्मण रेखा के भीतर ही रहकर भिक्षा देने लगी, लेकिन रावण ने भिक्षा लेने से इंकार करते हुए कहा, ''हम बंधी हुई भिक्षा नहीं लेते। इस रेखा को पार कर दहलीज से के बाहर से हमें भिक्षा दो।''

''लेकिन महाराज। यह लक्ष्मण रेखा पार करने से मुझे सौमित्र ने मना किया है।''

''तो क्या सौमित्र ने यह भी कहा है कि किसी अतिथि का सम्मान नहीं करना।''

''भला ऐसा वे कैसे कह सकते हैं। हम लोग तो आर्य हैं, इसलिए अतिथि को देवता समझते हैं।''

''देवताओं को कभी बंधी हुई दहलीज के भीतर से भिक्षा नहीं दी जाती।''

सीता ने सोचा, ''एक अतिथि द्वार से बिना भिक्षा लिए चला जाए यह तो घोर अनर्थ हो जाएगा।'' फिर वह और कुछ विचार किए बिना लक्ष्मण रेखा पार कर गई।

और जैसे ही उसने लक्ष्मण रेखा पार की रावण ने उसको क्षणभर में ही उठाकर कंधे पर लाद लिया।

सीता चिल्लाने लगी, ''कौन हो तुम! किसी पराई स्त्री को उठा लेना तो साधुओं की मर्यादा नहीं।''

''मैं साधु नहीं, लंकापति रावण हूँ। तुम्हारे सौमित्र ने मेरी बहन शूर्पणखा के नाक-कान काटकर उसे कुरूप बना दिया है। उसी का बदला लेने के लिए तेरा अपहरण करके ले जा रहा हूँ।''

''यह सुनकर सीता छुड़ाने की कोशिश करते हुए उसकी पीठ पर मुक्के मारती हुई पुकारने लगी, ''आर्य पुत्र...आर्य पुत्र...रक्षा करो। सौमित्र रक्षा करो ...रक्षा करो...!''

''रक्षा!'' रावण जोर से हँसा और फिर उसने सीता को पुष्पक विमान में ले जाकर पटक दिया। पुष्पक विमान तल का त्याग कर आकाश में गमन करने लगा। और उसका रूख लंका की ओर हो गया।

शबरी के बेर

ऋषि मतंग के आश्रम में एक आदिवासी भिलनी रहती थी, उसका नाम था शबरी। शबरी सारा दिन आश्रम में सफाई का काम करती थी, ऋषि मतंग के आश्रम की सारी तैयारी करती और अपने बाकी समय में भगवान् राम का ध्यान करती। समय गुजरता गया, ऋषि मतंग बूढ़े हो गए। एक दिन ऋषि ने शबरी को अपने पास बुलाया और कहा, "शबरी मेरा समय इस पृथ्वी पर पूरा हुआ। मैं तुम्हारी राम भक्ति और निष्ठा से बहुत प्रसन्न हूँ और अपने तपोबल से जानता हूँ कि मेरे जाने के बाद तुम्हारे भगवान् राम यहाँ एक दिन जरूर आयेंगे। मेरे मरने के बाद तुम यहीं रह कर भगवान् राम का इन्तजार करना।"

शबरी से इतना कहकर ऋषि का स्वर्गवास हो गया। मतंग ऋषि के जाते ही धीरे-धीरे सभी आश्रम वासी आश्रम छोड़ कर चले गए पर शबरी को अपने गुरु की बात याद थी। वह आश्रम में रह गई। रोज शबरी अपनी कुटि साफ करती, जंगल से फल तोड़ कर लाती और अपने भगवान् का इंतजार करती। कई साल गुजर गये, शबरी बूढ़ी हो गई और एक दिन वास्तव में राम और लक्ष्मण सीता को खोजते-खोजते मतंग ऋषि के आश्रम पहुँचे। अपने भगवान् के दर्शन कर उसकी सारी जिंदगी की तपस्या सफल हो गई थी। उसने राम-लक्ष्मण के पैर धुलवाए, आसन पर बिठाकर फल खिलाने लगी। फल खिलाने के लिए शबरी खुद फलों को चखती और जो मीठा होता वही अपने भगवान को देती। भगवान राम शबरी के प्यार और श्रद्धा को जानते थे, इसीलिए उन्हें शबरी के झूठे बेर खाने में कोई हिचकिचाहट नहीं हो रही थी।

हनुमान का पराक्रम

सीता की खोज के दौरान राम की मित्रता सुग्रीव से हुई। सुग्रीव की कहानी भी कुछ राम की तरह ही थी। सुग्रीव के बड़े भाई बाली ने सुग्रीव की पत्नी को अपनी रखैल बना लिया था और तानाशाहीपूर्वक राज्य करता था। राम ने बाली का वध करके न केवल सुग्रीव की पत्नी को मुक्त कराया, वरन सुग्रीव को राजा भी बना दिया था। उसके बाद सुग्रीव ने सेनापति हनुमान को सीता की खोज करने का दायित्व सौंपा और हनुमान सीता को खोजते-खोजते समुद्र लाँघकर लंका जा पहुँचे थे। लंका में पहुँचते ही उन्होंने एक सुंदर वाटिका देखी। उसमें अच्छे-अच्छे फलदार वृक्ष थे। हनुमान ने उस वाटिका में जाने का फैसला किया और परकोटे से कूदकर अशोक वाटिका की चहारदीवारी पर जा चढ़े। उन्होंने देखा कि वाटिका बहुत मनोहर है। वहाँ तरह-तरह के वृक्ष-लताएँ हैं, क्रीड़ा करने के लिए सरोवर हैं। बीच में एक बहुत बड़ा घर है। उसके चबूतरे सोने के तथा सीढ़ियाँ मणियों की हैं। वहाँ कूदकर एक अशोक वृक्ष पर जा चढ़े और इधर-उधर देखने लगे। वहाँ से उन्होंने भयानक आकृतियाँ वाली राक्षसनियाँ देखी। उन्होंने देखा कि उन्हीं राक्षसनियों के बीच घिरी अग्नि-शिखा के समान दीख रही किन्तु उपवास के कारण दुबली एक स्त्री बैठी है, जो बहुत ही मैले कपड़े पहने हुए उदास और बार-बार सिसक रही है और तब अभ्यासन करने से शिथिल हुई विद्या के समान क्षीण हुई सीता को देखकर हनुमान जी का मन शंका से भर गया, फिर उन्होंने तरह-तरह के तर्क-वितर्क देकर मन में विचार किया कि हो न हो यह स्त्री सीता ही है। रात-भर हनुमान उसी पेड़ पर बैठे रहे। जब एक पहर रात रह गई तो हनुमान को यज्ञ करते हुए ब्रह्म-राक्षसों के मुँह से निकले वेद-मन्त्र सुनाई देने लगे। तरह-तरह के मंगल बाजे बजने

लगे। यह सब रावण को नींद से जगाने के लिए हो रहा था। रावण सोकर उठा और सीता का ध्यान करता हुआ सज-धजकर तैयार हो अनेक सुन्दरियों के साथ अशोक वाटिका में आया।

रावण को अशोक वाटिका में आया देख हनुमान सघन पत्तों में छिप गए। सीता ने जब रावण को अपनी ओर आते देखा तो वे भी भयभीत होकर थर-थर काँपने लगीं।

सीता के सामने आकर रावण ने उनके रूप सौन्दर्य का बखान किया और उन्हें अनेक तरह से पुकारता हुआ तरह-तरह के लालच देने लगा, "सुन्दरी! मैं तुमसे प्रेम करता हूँ, तुम भी मेरा आदर करो, मेरी प्रार्थना स्वीकार करो। मैं तुम्हें भरोसा दिलाता हूँ कि जब तक तुम मुझे नहीं चाहोगी, मैं तुम्हारा स्पर्श नहीं करूँगा। तुम बहूमूल्य कपड़े-गहने धारण करो और महलों में चलो, मैं तुम्हें पटरानी बनाऊँगा। तुम राम को भूल जाओ, वह किसी भी तरह मेरी समता नहीं कर सकते। तप, बल, पराक्रम, धन, ऐश्वर्य किसी में भी मुझसे बढ़कर नहीं है।"

रावण की बातों से सीता को बहुत पीड़ा हुई। उन्होंने तिनके की ओट करके बड़े दुःख के साथ धीरे-धीरे कहना शुरू किया, "पापाचारी रावण! मैं सती और पराई स्त्री हूँ, तुम्हारे लिए यही उचित है, कि तुम जिस प्रकार अपनी स्त्रियों की रक्षा करते हो, वैसे ही दूसरे की स्त्री की भी रक्षा करो। क्या तुम्हारी नगरी में भले लोग नहीं रहते? या तुम ही उनको भूल कर बुद्धिहीन हो गए हो? तुम्हारे लिए यही ठीक है कि तुम मुझे राम से मिला दो, क्योंकि मैं उनके सिवा किसी दूसरे की कल्पना भी नहीं कर सकती।" सीता ने इसी प्रकार रावण को बहुत बुरा-भला कहा, जिससे रावण क्रोध में भर उठा और उन्हें तरह-तरह से धमकाकर दो मास का समय देकर अपने महलों को लौट गया। सीता परेशान हो उठी और उनके मन में आत्महत्या जैसा विचार भी पनपा, जिसे वह मूर्त रूप देने ही वाली ही थी कि तभी अवसर देखकर हनुमान ने राम-कथा कहनी शुरू कर दी। वह क्रम-पूर्वक राम-विवाह, राम-वनवास, सीता-हरण, जटायु-मरण,

राम-सुग्रीव-मित्रता, बाली का वध, सीता की खोज आदि प्रसंग सुना गए। सीता ने यह सब सुना और आश्चर्य से वृक्ष के ऊपर देखने लगीं उन्होंने वहाँ हनुमान को बैठे देखा और "हा राम! हा लक्ष्मण!" कहकर रोने लगी। सीता को दुःखी देख हनुमान पेड़ से नीचे उतर आए और प्रणाम कर उनसे उनका परिचय पूछने लगे। हनुमान से मिलकर सीता को कुछ शांति मिली। उन्होंने थोड़े में अपना परिचय दिया और लंका तक आने की दुःख भरी कथा सुनाई, फिर हनुमान से उसका परिचय जानना चाहा। हनुमान से कहा, "देवि! मैं किष्किन्धा के राजा सुग्रीव का सेवक हूँ। मेरा नाम हनुमान है। मैं अष्टांग योगी हूँ, इसलिए इच्छानुसार अपने कई रूप बना लेता हूँ और चाहे जहाँ आ-जा सकता हूँ। मैं राम का दूत हूँ। उन्होंने मुझे आपका समाचार लाने के लिए भेजा है। राम के छोटे भाई लक्ष्मण ने आपको प्रणाम कहा है।"

हनुमान की बातें सुनकर सीता प्रसन्न तो हुई, किन्तु उनके मन में सन्देह जगा कि कहीं धोखा ही न हो रहा हो, अतः उन्होंने हनुमान से कहा, "प्रसन्नता की बात है कि आप राम के दूत हो। मेरे भरोसे के लिए तुम राम के गुणों और उनके शरीर चिह्नों का वर्णन करो।"

हनुमान ने राम के गुणों और शरीर के चिह्नों का विस्तार से वर्णन किया और मानव तथा वानर जाति की मित्रता का कारण भी सुनाया। सारी बातें जानकर सीताजी को भरोसा हो गया। हनुमान ने उस भरोसे को और भी पक्का करने के लिए राम की अंगूठी सीता को दे दी और कहा, "देवि! आप यह राम की अंगूठी लें और इस पर उनका नाम देखें। उन्होंने चलते समय पहचान के लिए यह मुझे दी थी।"

प्रसन्न होकर सीता ने फिर प्रश्न किया, "क्या कारण है कि राम मुझे यहाँ से ले जाने को स्वयं नहीं आए?"

हनुमान ने कहा, "उन्हें पता ही नहीं कि आप यहाँ कैद हैं। मैं समाचार लेकर उनके पास जाऊँगा, तब वे सेना के साथ हमला कर राक्षसों का वध कर आपको ले जाएँगे।"

सीता ने कहा, ''वीरवर! राम और लक्ष्मण को मेरा प्रणाम कहना। दूसरों के लिए भी आदर प्रकट करना। राम के चरणों में विशेष रूप से मेरा प्रणाम कहकर उनसे कहना, मेरे जीवन की अवधि के लिए जो समय नियत है, उतने समय तक ही मैं जीवित रहूँगी। सत्य की शपथ खाकर कहती हूँ कि उस समय के बीत जाने पर मैं जीवित नहीं रहूँगी,'' ऐसा कहकर सीता ने कपड़े में बंधी हुई चूड़ामणि निकाली और हनुमान को देते हुए कहा, ''यह मेरी पहचान है, इसे राम को दे देना।''

हनुमान ने श्रद्धा से चूड़ामणि ली और सीता की परिक्रमा कर उनके सामने हाथ जोड़कर खड़े हो गए। उन्होंने सीता से विदा ली और जाने की आज्ञा माँगी। सीता ने कहा, ''तुम राम को इस प्रकार समझाना, जिससे वह शीघ्र ही मेरे उद्धार के लिए उपाय करने को आतुर हो उठें। जाओ, तुम्हारा मार्ग मंगलमय हो।''

सीता से विदा लेकर हनुमान वहाँ से चल पड़े। थोड़ी ही दूरी पर जाकर सोचने लगे कि सीताजी की खोज तो कर ली, अब शत्रुओं की शक्ति की नाप-तौल भी कर लेना चाहिए। उसके लिए यह सही मार्ग होगा कि इन्हें कुछ हानि पहुँचाई जाए और कुछ राक्षसों को मार डाला जाए। यह विचार कर उन्होंने पहले क्रोध में भरकर अशोक वाटिका को उजाड़ना शुरू किया। वृक्षों, लताओं, पर्वत-खण्डों और जलाशयों को नष्ट-भ्रष्ट कर डाला। देखते-देखते ही वह वाटिका उजाड़ हो गई। पशु-पक्षियों और राक्षसनियों का चारों ओर हाहाकार छा गया।

अशोक वाटिका को उजड़ा हुआ देखकर राक्षसनिया सीता से पूछने लगीं, ''यह वानर रूप महाबली कौन है? कहाँ से आया है? क्यों आया है? तुमसे क्या बातें कर रहा था?'' सीता ने उत्तर दिया, ''मैं तो स्वयं ही डर गई हूँ। मैं नहीं जानती यह कौन हैं? राक्षसों की माया का क्या ठिकाना? मुझे नहीं मालूम कि यह कौन है? मैं तो इसे इच्छानुसार रूप धारण करके आया हुआ कोई राक्षस ही समझती हूँ।''

बात रावण के दरबार तक जा पहुँची कि एक वानर ने अशोक वाटिका में बड़ा ही उत्पात मचा रखा है। रावण आग-बबूला हो उठा और उसने अपने किंकर नामक राक्षसों को भेजा। हनुमान उस समय तक वाटिका के द्वार तक जा पहुँचे थे। उन्हें देखते ही राक्षस उन पर टूट पड़े। उन शूरवीर राक्षसों द्वारा सब ओर से घिर जाने पर हनुमान ने फाटक पर रखा हुआ भयंकर लोहे का

बना मूसल उठा लिया और उन राक्षसों को नाश करना शुरू कर दिया। कुछ ही देर में उनका नाश कर फिर उसी फाटक पर आ खड़े हुए।

रावण को जब उन राक्षसों के मारे जाने का समाचार मिला तो उसने अपने मंत्री प्रहस्त के पुत्र जम्बुमाली को भेजा। इधर हनुमान राक्षसों के कुल-देवता के स्थान पर चैत्य-प्रासाद का नाश करते और उसके राक्षसों का वध करते हुए आगे चले। उनकी जब जम्बुमाली से भेंट हुई तो उन्होंने उसे भी मार डाला। उसके बाद रावण के मंत्री के सात पुत्रों और पाँच सेनापतियों को भी हनुमान ने मार डाला। अब रावण ने अपने बलशाली पुत्र अक्षयकुमार को हनुमान से लड़ने के लिए भेजा। उसने बड़ा साहस दिखाया, पर हनुमान पर पार न बसाई और वह भी लड़ता-लड़ता मारा गया।

अक्षयकुमार का मारा जाना सुनकर रावण क्रोध से जल उठा। उसने अपने ही समान पराक्रमी इन्द्रजित् मेघनाद को भेजा। मेघनाथ ने हनुमान पर तरह-तरह के शस्त्रों से अनेक हमले किए, पर हनुमान ने सबको बेकार कर दिया। अन्त में मेघनाद ने हनुमान को कैद करने का विचार किया। उसने तुरन्त ही हनुमान पर ब्रह्म-पाश का प्रयोग किया। हनुमान ने ब्रह्म-पाश का सम्मान करते हुए उसमें बंध जाना स्वीकार किया। उन्होंने यह भी विचार किया कि इस प्रकार मुझे रावण के सामने जाने और उससे बातचीत करने का अवसर भी तो मिलेगा।

विकट आकार वाले राक्षस हनुमान को घसीटते हुए रावण के निकट ले आए। रावण राक्षसों से घिरा बैठा था। चारों ओर से आवाजें आने लगीं, "यह वानर कौन है? कहाँ से आया है? क्यों आया है? इसे जला डालो, मार डालो, खा जाओ।"

रावण ने अपने सेवकों को आज्ञा दी कि वे हनुमान का वध कर डालें। रावण के छोटे भाई विभीषण उस समय वहीं मौजूद थे। वह धर्मज्ञ और नीति को जानने वाले थे। उन्होंने रावण की बात का अनुमोदन नहीं किया। उन्होंने रावण को समझाते हुए कहा, "राजन्! दूत का वध करना धर्म के विरुद्ध है।

आप इसे अन्य कोई दण्ड दे सकते हैं।"

रावण यह बात सुनकर संतुष्ट हुआ और उसने आज्ञा दी, "यह विचार ठीक है, इसका अंग-भंग करना ही उचित रहेगा। इसकी पूंछ में आग लगा दी जाए और इसे नगर की सड़कों तथा चौराहों पर घुमाया जाए।"

लेकिन रावण को ऐसा करना भारी पड़ा, क्योंकि हनुमान ने अपनी पूंछ में लगी आग से छोटे-बड़े सभी राक्षसों के महल जला डाले। हवा का सहारा पाकर आग भी चारों ओर फैलती चली गई। चारों ओर से राक्षसों और उनकी पत्नियों के हाहाकार गूँजने लगें। हाथी, घोड़ों, पशु-पक्षियों के भयानक स्वरों से वातावरण और भी भयानक हो उठा। कालाग्नि के समान घूमते हनुमान ने अंत में समुद्र में जाकर अपनी पूंछ की आग बुझाई और राम के पास चल पड़े।

समुद्र पर सेतु

हनुमान ने लंका से आकर श्रीराम को सीता का पता बताया कि वे तो रावण की कैद में हैं। अब लंका पर चढ़ाई करने की तैयारी कर दी गई थी, लेकिन राम तथा वानर सेना के सामने समुद्र को पार करने की कठिन समस्या थी। राम तीन दिन तक समुद्र के किनारे कुशा बिछाकर बैठे रहे, परन्तु बहुत चिन्ता करने पर भी उन्हें कोई उपाय न सूझ पड़ा। अन्त में उन्होंने समुद्र को सुखाने का फैसला किया इसलिए राम ने धनुष पर अमोघ बाण चढ़ाया। उनके ऐसा करते ही समुद्र में भयानक उथल-पुथल होने लगी। दसों दिशाएँ भय से काँप उठीं। पृथ्वी फट गई। देखते-देखते ही समुद्र का जल शांत और उथला दिखाई देने लगा। उस समय ऐसा लगने लगा जैसे समुद्र स्वयं पार जाने का कोई उपाय बता रहा हो। तभी नल को यह लगा कि समुद्र पर पुल का निर्माण किया जा सकता है। उसने हाथ जोड़कर राम से प्रार्थना की, ''यदि आपकी आज्ञा हो, तो मैं समुद्र पर पुल बांधने का कार्य शुरू करूँ। मैं महाशिल्पी विश्वकर्मा का औरस पुत्र हूँ और उन्हीं के समान कार्य में निपुण हूँ।'' राम ने तुरन्त नल को पुल बनाने की आज्ञा दे दी। नल का संकेत पाकर वानर सेना बड़े-बड़े वृक्ष और शिलाखण्ड लाकर देने लगे।

वृक्षों और शिलाखण्ड की सहायता से पहले दिन चौदह योजन लंबा पुल बांधा गया। दूसरे दिन बीस योजन लंबा, तीसरे दिन इक्कीस योजन लंबा, चौथे दिन बाईस योजन और पाँचवें दिन सुवेल पर्वत के निकट तक तेईस योजन लंबा पुल तैयार कर दिया गया और राम एवं रावण का युद्ध शुरू हो गया।

मेघनाथ की माया

राम और रावण के बीच भयंकर युद्ध चल रहा था। उस दिन वानर सेना की बहुत बुरी दशा थी। युद्धभूमि में लक्ष्मण भी मूर्च्छित हो गए थे। उन्हें मरा समझकर राम की सेना में हाहाकार मच गया, लेकिन तभी सुषैन वैद्य ने देखकर बताया कि लक्ष्मण को बचाया जा सकता है। लेकिन इसके लिए कुछ जड़ी-बूटियाँ लानी होगी। औषधि लाने के लिए हनुमान को आज्ञा दी गई, "वानरराज! तुम्हीं सेना के प्राणों के आधार हो। तुम्हारे सिवा हमारे प्राणों को बचाने की किसी में शक्ति नहीं है, तुम शीघ्र ही वायु-वेग से हिमालय पर्वत पर जाओ। वहाँ द्रोणाचल नामक औषधि-पर्वत है, जिस पर तरह-तरह की चमत्कार वाली जड़ी-बूटी मिलती है। वे रात को चमकती रहती हैं, तुम वहाँ जाकर मुर्दे को भी जिलाने वाली मृत संजीवनी, घावों को भरने वाली विशल्यकरणी, शरीर को चमक देने वाली सुवर्णकरणी और टूटी हड्डियों को जोड़ने वाली सन्धानकरणी बूटियाँ ले आओ।"

हनुमान तुरन्त आकाशमार्ग से हिमालय गए और द्रोणाचल पर जाकर बूटियों की पहचान करने लगे। अनेक जगमगाती बूटियों को देख वे शंका में पड़ गए। कोई चारा न देख उन्होंने एक पर्वत-खण्ड ही उखाड़ लिया और बड़ी शीघ्रता के साथ उसे लेकर मैदान में जा उतरे। उन विलक्षण बूटियों के असर से वानर सेना और लक्ष्मण की मूर्च्छा भंग हो गई। सेनापतियों ने सेना का फिर से गठन किया। रावण ने इन्द्रजित मेघनाद को आज्ञा दी कि तुम युद्धभूमि में जाओ और राम-लक्ष्मण को छल या बल से, छिपे रूप में या सामने जैसे भी बने मार डालो। मेघनाद ने रावण की आज्ञा पाकर पहले यज्ञभूमि में प्रवेश किया। वहाँ उसने लाल वस्त्र धारण कर हवन किया, शस्त्रों की पूजा की, बहेड़े की समाधि बनाई और लोहे का स्रुवा प्रयोग किया। इस यज्ञ द्वारा उसने

छिपकर युद्ध करने की शक्ति प्राप्त की फिर वह चार घोड़ों वाले रथ पर बैठकर युद्धभूमि में गया और फिर कुछ माया रचकर वह दिव्य शस्त्र प्राप्त करने के लिए निकुंभिला देवी के मन्दिर में चला गया। वहाँ जाकर उसने विजय की इच्छा करते हुए हवन करना शुरू किया।

उधर विभीषण जो राम की शरण में आ गया था, उसने राम से कहा कि वह लक्ष्मण को सेना सहित निकुंभिला देवी के मन्दिर में भेजें, वहाँ मेघनाद हवन कर रहा है। उसे हवन करने से रोकना चाहिए।

विभीषण की सलाह मानकर राम ने लक्ष्मण को सेना सहित मेघनाद का वध करने के लिए मन्दिर की ओर रवाना कर दिया। उस समय लक्ष्मण के साथ विभीषण, अंगद और हनुमान भी थे। मन्दिर में जाते ही विभीषण के संकेत पर वानर वीरों ने राक्षस सेना पर धावा बोल दिया। भयानक मार-काट मची। अपनी सेना को परेशानी में पड़ी देख मेघनाद हवन समाप्त होने के पहले ही उठ खड़ा हुआ। युद्ध के लिए तैयार हनुमान ने उसे द्वन्द्व युद्ध के लिए ललकारा, हनुमान पर चारों ओर से प्रहार होने लगे। उन्हें परास्त होता देख लक्ष्मण स्वयं उनकी ओर लपका और तभी विभीषण ने लक्ष्मण को संकेत किया कि तुरन्त मेघनाद का वध होना चाहिए।

लक्ष्मण और मेघनाद के बीच भयानक युद्ध होने लगा। लक्ष्मण ने अंततः उत्तम बाण अपने धनुष पर चढ़ाया। यह ऐन्द्रास्त्र था। इस बाण पर पंख लगे थे और सारा अंग गोल एवं सुड़ौल था। यह बहुत ही भयंकर और अमोघ था। लक्ष्मण ने इस बाण को कान तक धनुष खींचकर मेघनाद पर छोड़ दिया।

धनुष के छूटते ही लक्ष्मण के ऐन्द्रास्त्र ने जगमगाते हुए कुंडलों से युक्त इन्द्रजित मेघनाद के शिरस्त्राण सहित दीप्तिमान् मस्तक को धड़ से काट कर पृथ्वी पर गिरा दिया। मेघनाद को मरा हुआ देख वानर सेना विभीषण सहित प्रसन्न होकर सिंहनाद करने लगी।

रावण का उपदेश

राम और रावण का भयंकर युद्ध चल रहा था। रावण ने नागपाश छोड़ दिया। नागपाश के छोड़ते ही राम की सेना के वानर रस्सी जैसी वस्तु से बंध-बंधकर गिरने लगे। जब हनुमान ने देखा कि वानर सेना नागपाश में बंधती चली जा रही है, तो उसने रावण की सेना पर पत्थरों और वृक्षों की वर्षा करना प्रारम्भ कर दी, किन्तु रावण ने सबके टुकड़े-टुकड़े करके हवा में उड़ा दिए। क्रोध में भरकर हनुमान ने रावण को अपनी पूंछ में लपेट लिया, लेकिन रावण ने शिव का ध्यान करते हुए हनुमान की पूंछ पर एक घूँसा मारा। इस घूँसे की चोट से हनुमान को बहुत पीड़ा हुई, अतः उन्होंने रावण को छोड़ दिया। रावण के नागपाश को राम ने नेवलास्त्र से काट गिराया, लेकिन प्रतिशोध और क्रोध में भरे रावण की मार से युद्धभूमि लाशों से पट गई। राम की सेना के बड़े-बड़े योद्धा भागकर अपने प्राण बचाने का प्रयत्न करने लगे। रावण के सामने जो भी युद्ध करने आता, उसका शरीर बाणों से छलनी हो जाता। हनुमान, अंगद और सुग्रीव को रावण बाण मारकर बार-बार आकाश में गेंद की तरह फेंकने लगा। जब वे आकाश से भूमि से गिरने लगते तो रावण अपना बाण चलाकर उन्हें फिर उछाल देता और थोड़ी ही देर में वे भूमि पर गिरकर मूर्च्छित हो गए। रावण ने उन्हें वरुणपाश से बांध लिया और उसके बाद रावण ने त्वास्ट्र नामक दिव्यास्त्र को हाथ में उठाया!

लेकिन तभी!

विभीषण ने राम के पास जाकर उनके कान में कहा—"प्रभु! रावण ने त्वाष्ट्र दिव्यास्त्र को उठा लिया है, जिसके द्वारा वह सारी वानर सेना को एक ही क्षण में नष्ट कर देगा।"

"लेकिन त्वाष्ट्र की काट तो हमारे पास नहीं है!"

"एक उपाय है!"

"क्या?"

"रामेश्वरम् यज्ञ में रावण ने आपको विजयश्री का आशीर्वाद दिया था, यदि इन्हें उस यज्ञ के दृश्य याद दिला दिए जाएँ तो...."

"रावण तो घोर राक्षसी प्रवृत्ति का है। इनकी तो नस-नस में जहर भरा हुआ है, भला ऐसे में यह अपने आशीर्वाद को पूरा करने के लिए क्या त्वाष्ट्र दिव्यास्त्र को त्याग देगा?"

"भले ही रावण की नस-नस में जहर भरा हुआ हो, लेकिन इनकी नाभि में अमृत है अर्थात् वेदों के प्रति इनकी घोर निष्ठा है और यज्ञ के समय वेद मंत्रों के उच्चारण की उपस्थिति में विजयश्री का आशीर्वाद दिया था, इसलिए यह शस्त्र अवश्य त्याग देगा।"

और फिर राम ने हाथ जोड़कर यज्ञ के वेद मंत्रों का उच्चारण करना शुरू कर दिया। रावण के कानों में जैसे ही वेद के प्रिय मंत्र पड़े, उसकी नस-नस में भक्ति का भाव जाग गया। उसने अपना दिव्यास्त्र एक ओर रख दिया।

लेकिन तभी!

जैसे ही रावण ने अपना दिव्यास्त्र रखा, विभीषण का इशारा पाते ही राम ने दिव्यास्त्र छोड़ दिया।

और फिर!

"खच्च!" की आवाज के साथ ही रावण की भुजाएँ कटकर शरीर से अलग हो गई।

रावण बिना भुजाओं के भी मंत्रों द्वारा अस्त्र-शस्त्र चलाने लगा, लेकिन अब तो राम ने उसके हर अस्त्र-शस्त्र को काट डाला और उस पर बाणों की

इतनी वर्षा की कि वह घायल होकर युद्धभूमि में गिर पड़ा। रावण के युद्धभूमि में गिरते ही ''भगवान श्रीराम की जय'' से सारा वातावरण गूँज उठा।

राम ने विजय प्राप्त होते ही लक्ष्मण को पुकारा, ''सौमित्र! सौमित्र!!''

''जी भ्राताश्री!'' लक्ष्मण ने उपस्थित होकर कहा।

''हमने आज रावण को पराजित कर दिया है, लेकिन सच तो यह है कि रावण कभी पराजित नहीं होता, उसके नीच कर्मों ने उसे पराजित किया है।''

''जी!''

''तुम रावण के पास जाओ और उनसे राजनीति के कुछ सूत्र सीखकर आओ, क्योंकि उनसे बड़ा राजनीतिज्ञ और विद्वान इस विश्व में दूसरा नहीं है, इसलिए उनसे शिक्षा लेना परम सौभाग्य की बात होगी।''

''जो आज्ञा भ्राताश्री!''

लक्ष्मण रावण के पास चला गया। उसने रावण के सिर की ओर खड़े होकर कहा, ''हे रावण मैंने सुना है कि तुमसे बड़ा विद्वान दूसरा कोई नहीं है, इसलिए मुझे कुछ ज्ञान की बातें बताओ।''

रावण ने कोई जवाब नहीं दिया। कई बार लक्ष्मण ने अपना आग्रह दोहराया, लेकिन रावण खामोश होकर पड़ा रहा। अंत में विवश होकर वह राम के पास वापस लौट आया, ''भईया उन्होंने तो कुछ बताया ही नहीं।''

''तुम जाकर कहाँ खड़े हुए थे?''

''उनके मुख के पास!''

''सौमित्र! ज्ञान सिर के पास खड़े होकर नहीं, गुरु के चरणों में बैठकर प्राप्त किया जाता है।''

और फिर राम उठकर स्वयं रावण के पास चल दिए। लक्ष्मण, सुग्रीव, विभीषण आदि भी उनके साथ थे। राम ने रावण के पास जाकर पहले उनके चरण स्पर्श किए, तो रावण ने आशीर्वाद के लिए कटे हुए हाथ की बांहों को उठा दिया। उसके बाद राम ने कहा, ''हे लंकापति रावण! मैंने लंका पर केवल बंधित सीता को मुक्त कराने के लिए ही आक्रमण किया था। यदि इसमें भी

मेरा कोई दोष हो तो मुझे क्षमा करना।''

''सीता को मुक्ति दिलाना तो आपका धर्म था, इसमें दोष की बात कहाँ से आ गई राम।''

''अनेक वीरों का रक्तपात मेरे कारण हुआ, उसके लिए मैं हृदय से क्षमा प्रार्थी हूँ।''

''इसमें भी क्षमा की बात कहाँ से आ गई। हम राक्षस तो थे ही इसी दण्ड के योग्य।''

''हे महाज्ञानी विद्वान रावण! आपने अनेकों द्वीप जीतकर दशकों तक राज्य किया। राजनीति के कुछ सूत्र हमें भी समझाने की कोशिश करें। आपको गुरु बनाकर हम धन्य होंगे।''

''आपको शिष्य बनाकर तो मैं ही धन्य होऊँगा राम।''

और फिर रावण ने आगे कहना शुरू किया, ''कोई भी राजा कितना ही विद्वान और शक्तिशाली हो, लेकिन यदि वह दुष्कर्म में लिप्त हो जाता है तो उसका पतन निश्चित है।

''पराई स्त्री को हमेशा माता के समान मानना चाहिए, जो पराई स्त्री पर कुदृष्टि डालता है, उसकी अपनी दृष्टि का स्वयं लोप हो जाता है।

''ऐश्वर्य, धर्म, यश, श्री, ज्ञान और वैराग्य इन छह का नाम भग है, जिनके पास इनमें से एक भी हो वह भगवान कहा जाता है, परन्तु हे राम आपके पास तो ये छहों हैं, इसलिए आप तो महाभगवान हुए। मैं आपको नमस्कार करता हूँ।

''हे राम राजा न होना अच्छा, किंतु बुरे राजा का होना अच्छा नहीं। मित्र न हो तो अच्छा, किंतु कुमित्र का होना अच्छा नहीं। शिष्य न हो तो अच्छा किन्तु निन्दित शिष्य का होना अच्छा नहीं और राम न हो तो अच्छा, किन्तु रावण का होना अच्छा नहीं।''

इतना कहने के बाद रावण ने ओम् शांति..शांति..शांति...कहकर अपने प्राण त्याग दिए।

प्रश्नोत्तरी

1. भगवान राम की माता का क्या नाम था?

(अ) सुमित्रा (ब) कौशल्या

(स) कैकेयी (द) शांता

2. भगवान राम की बहन का क्या नाम था?

(अ) शांता (ब) सीता

(स) मंदोदरी (द) कुंती

3. कैकेयी की दासी का क्या नाम था?

(अ) मंथरा (ब) संतरा

(स) वसंती (द) सीता

4. शूर्पणखा के नाक-कान किसने काटे थे?

(अ) राम ने (ब) रावण ने

(स) लक्ष्मण ने (द) अहिरावण ने

5. घर का भेदी लंका ढाए किसे कहा जाता है?

(अ) विभीषण को (ब) मेघनाथ को

(स) रावण को (द) कैकट को

6. भरत चित्रकूट से क्या लेकर आए थे?

(अ) खड़ाऊँ (ब) मुकुट

(स) वस्त्र (द) फल

7. समुद्र पर सेतु किसने बांधा था?

(अ) नल-नील ने (ब) लक्ष्मण ने

(स) राम ने (द) विश्वकर्मा ने

8. संजीवनी बूटी कौन लेकर आया था?

(अ) हनुमान (ब) राम

(स) सुषैण वैद्य (द) भरत

9. मंदिर में किसका वध हुआ था?

(अ) मेघनाथ का (ब) विभीषण का

(स) रावण का (द) मारीच का

10. मरते समय रावण ने राम को क्या दिया?

(अ) सेतु (ब) सीता

(स) अपना राज्य (द) उपदेश